허수경의 아주 특별한 남자들

초판 찍은 날 2004년 8월 16일
초판 펴낸 날 2004년 8월 25일

지은이 허수경
펴낸이 임동선
펴낸곳 늘푸른소나무

등록일자 1997년 11월 3일
등록번호 제1-3112호
주소 서울시 마포구 서교동 353-1 서교타워 1007호
전화 02-3143-6763~5
팩스 02-3143-6762
E-mail esonamoo@naver.com

북디자인 이현미
출력·인쇄 정화인쇄

ISBN 89-88640-38-1 03810
ⓒ허수경 2004. Printed in Seoul, Korea

허수경의 아주 특별한 남자들

눈들어 소나무 솔잎을 보니

글과 말의 뒷모습

글을 쓰는 일도 말을 하는 일 못지않게 쉽지 않은 일이다. 말을 하는 일은 즐겨 하면서도 글을 쓰는 일은 고통스러워하는 걸 보면 아마도 나에게 있어 글을 쓰는 일은 말을 하는 일보다 더 어려운 일임이 분명하다.

그럼에도 불구하고 나는 고통을 감수하며 종종 글을 쓴다. 이유는 글의 뒷모습이 말의 뒷모습보다 더 아름답다고 생각하기 때문이다.

〈여성중앙〉에 인물 인터뷰를 연재한 지도 벌써 2년이 되어 간다. 처음의 의도가 그러했던 것은 아니나 어쩌다 보니 남자들만을 만나게 되었다. 덕분에 나는 대한민국에서 최고라 손꼽는, 괜찮은 남자들을 두루 섭렵(?)하는 영광을 누렸다. 그리고 더욱 영광스러운 것은 연재된 칼럼 가운데 몇 편을 책으로 엮어 보자는 제안을 받게 된 것이다.

처음에는 '기념 책자' 쯤으로 생각하고 미리 써둔 원고들을 정리만 하면 되는 간단한 일로 생각했으나 책을 엮는 일에 저자보다도 더 열성이며 글을 쓴 당사자보다도 글을 더 아껴주는 '늘푸른소나무'를 만나고는 이내 정신이 번쩍 들었다. 해서 두 달 남짓 노트북을 펼치고 고군분투했다. 글을 쓰기 위해서가 아니라 내가 만났던 사철 곧고 푸르른 열두 그루의 소나무들을 양지 바르게 옮겨 심기 위해서.

미루고 또 미루었던 약속을 묵묵히 버텨 준 '늘푸른소나무' 식구들과 삶의 향기를 담은 사진으로 글의 공백을 메워 준 문덕관 작가, 〈여성중앙〉의 고마운 시어머니 강은영 기자, 그리고 누구보다, 기꺼이 나를 만나 주었던 이 시대 대한민국 최고의 남자들, 그 모든 분들께 머리를 조아려 감사를 올린다. 부디 이 한 권의 책이 조그마한 보답이 될 수 있기를 바란다.

2004년 여름

허 수 경

차 례

흔들리고 싶은 과묵한 푸르름

이현우

"전 사랑을 하면 미쳐요. 사랑 이외에는
아무것도 못해요. 전 전화를 3분 이상
못하거든요. 그런데 밤을 새워 통화를 해요.
전화기가 뜨거워져서 잠깐 식혔다가 또
한다니까요. 집 앞에 가서 밤새 기다리고
그 사람 만날 생각하면 가슴이 터져 버릴 것만
같고 그 사람 없인 죽을 것만 같고……. 그러다
어느 순간 깨닫지요. 아, 내가 미쳐 있구나."
그가 그런 불타는 사랑을 해본 사람이라니
내 가슴이 다 뭉클하다.

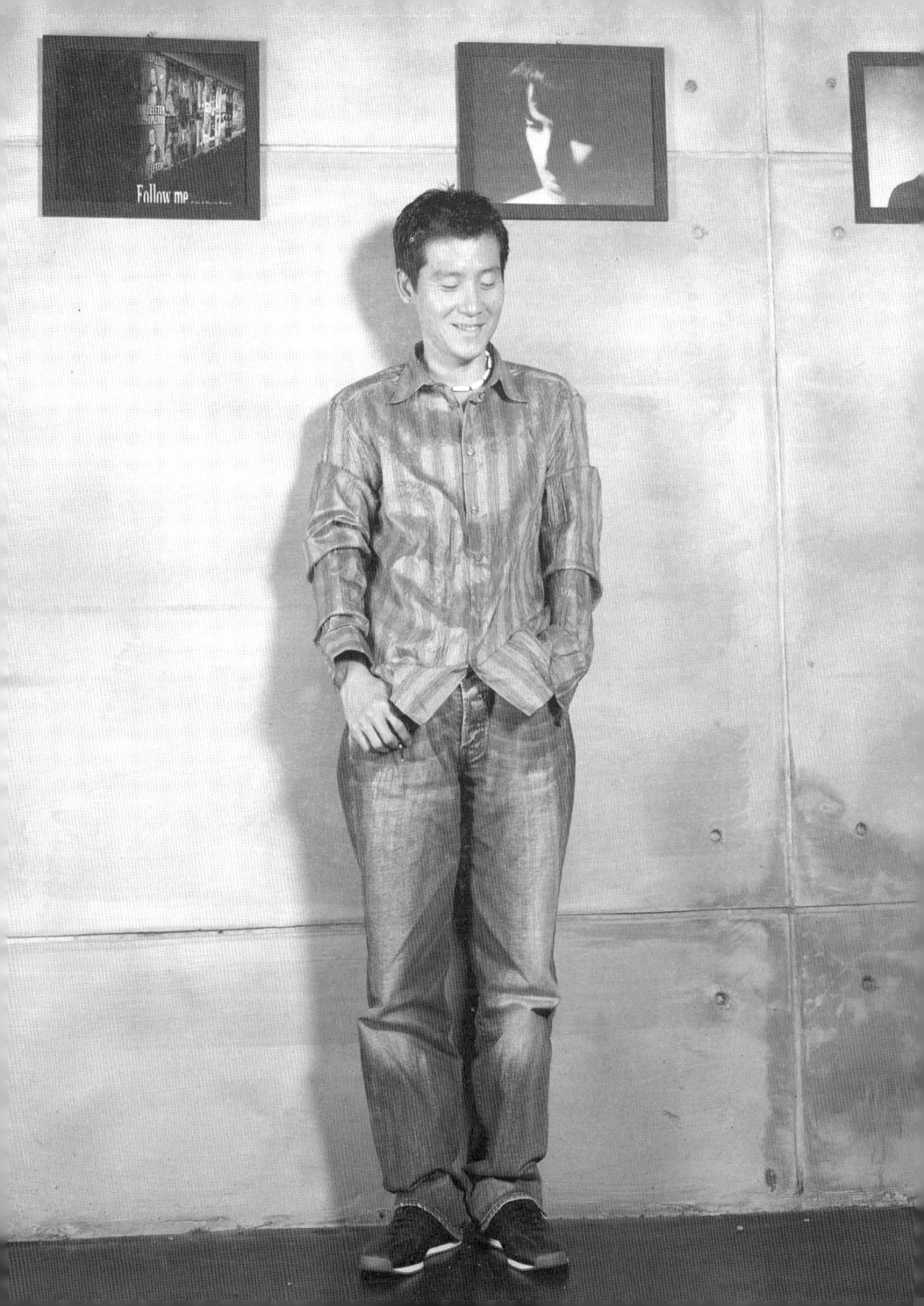

지금도 그렇지만 나는 어렸을 적부터 줄곧 먼 곳에 살았다. 아버지의 흥망성쇠에 따라 사는 곳이 자주 바뀌기도 했고 바뀔 때마다 학교는 늘 멀었다. 아이 셋 딸린 부모로서 셋집을 구하기란 언제나 어려운 일이었고 아이들 셋의 학교와 모두 가까운 집을 얻기란 그보다 더 어려운 일이었을 것이다. 이제 다 커서 그 거리를 가보면 그리 먼 것도 아니련만, 어렸을 적엔 분명 멀었다.

친구들과 교문을 나와 하나 둘씩 헤어지고 맨 마지막까지 혼자 남아 집으로 터덜터덜 걷던 그 길이. 아버지가 흥하셨을 때는 꽤 좋은 집의 주인으로 살기도 했지만, 그때는 억지로 꿰맞추어 주인이 되고 보니 학교와의 거리를 충분히 감안하기엔 너무 빠듯했다.

그러다 내가 많이 컸을 때는 아예 멀어졌다. 학교는 신촌인데, 상계동에서, 다음엔 과천에서, 그 다음엔 안양에서 학교를 다녔다. 그리고 지금 나는 성남에서 목동으로 매일 매일 여행하듯 먼 길을 다니고 부모님은 얼마 전까지 수원에 사시다가 용인으로 이사

이현우

하셨다.

집이 멀면 물론 고단하다. 그러나 실은 그렇지 않을 수도 있다. 초등학교 다닐 적에 한동안 나는 교실 뒤쪽, 초록색 부직포가 펼쳐진 환경미화 판에 매일 아침, 날씨를 적는 일을 했다.

그 일을 하기 위해서 매일 아침 학교 가는 길, 그 먼 길을 혼자 걸으며 일단 하늘을 보았다. 해를 그려야 하는지, 아니면 구름을 그려야 하는지 알아야 했기 때문이다.

그 다음엔 공기의 온도를 느끼는 것인데, 교실 안의 온도는 늘 일정하기 때문에 실내 온도계의 수은주보다 얼마를 더 가감해 적어야 할지 체감하기 위해서 두 볼에 닿는 공기의 변화를 언제나 반가워했다.

그리고 맨 마지막 단계로 나는 풀 잎사귀를 매일 하나씩 뽑았다. 바람의 방향을 왼쪽 화살표로 그려야 하는지 오른쪽이나 위 또는 아래쪽, 그도 아니면 대충 중간 방향으로 그려야 하는지를 알아야 했기 때문이다. 아침 해를 가리켜 오른 팔을 들고 왼팔을 앞으로 쭉 뻗어 풀잎을 들고 있으면 화살표의 방향이 저절로 나왔다.

해가 뜨지 않는 날도 물론 걱정 없었다. 아침 해는 매번 같은 방향에서 뜬다는 걸 깨달은 뒤부터는 말이다. 그렇게 세 가지 단계를 두루 거치고 나니 등교하자마자 맨 먼저 하는 일, 날씨를 적는 일이 즐거워졌다.

그러나 처음부터 그런 것은 아니었다. 해나 구름, 눈사람이나 우산을 그리는 일은 무척 쉬웠지만, 그리고 교실 밖의 수은주는 봄, 여름, 가을, 겨울로 나누어 적당히 지어 내면 되는 거였지만, 화살표의 방향만큼은 좀처럼 알 수도 없었고 지어 내려고 해도 자꾸 머뭇거려지며 내내 선생님 눈치를 보게 했다. 왜냐하면, 나는 처음부터 풀잎을 이용한 것이 아니었기 때문이다.

처음에는, 학교 가는 먼 길을 터덜터덜 걸으며 길을 따라 줄지어 선 소나무 잎사귀가 어느 방향으로 흔들리는지를, 교문에 다다를 때까지 쉬지 않고 관찰했었다. 그러나 나는 도무지 화살표를 그릴 수가 없었다. 단 한 번도 바람이 분 적이 없었기 때문일까.

이현우

내가 화살표 대신 그린 알쏭달쏭한 동그라미를, 선
생님은 몇 번이나 지우개로 벅벅 지우셨다.
소나무는 바람이 불어도 함부로 흔들리지 않는다.
그런 사실을 알기에는 그때 나는 너무 어렸었다.
지금도 나는 먼 길을 매일 '드라이브'하며 웬만한
바람에는 까딱도 않는 소나무를 쉼없이 본다. 그러
고 보니 소나무가 꼭 화살표처럼 생겼다. 소나무는
그렇게 과묵하고 든든하게 예나 지금이나 서 있다.
알쏭달쏭한 이정표처럼.

흔들리고 싶은 과묵한 루르름

그날 하루만도 그는 500개가 넘는 문자 메시지를 받았다.

누가 그를 과묵하다 하였는가. 문자 메시지를 읽으며 으하하하 숨 넘어가게 웃다가 "꿀떡을 먹을 땐 조심하세요. 꿀이 어디로 튈지 몰라요. 으하하하" 하며 또 숨이 넘어간다. 매일 낮 2시부터 4시, 그가 진행하고 있는 SBS POWER FM의 '뮤직 라이브'를 나는 매일 듣는다.

나는 그의 바통을 이어받아 4시부터 6시까지 두 시간 동안 '가요풍경'을 진행한다. 방송국으로 향하는 길에서 그의 방송을 듣고 그의 방송이 거의 끝날 무렵에는 스튜디오에서 그가 방송하는 모습을 지켜본다.

그래서 마지막 곡이 나가기 직전, 그날그날 들어온 문자 메시지를 읽어 주며 숨 넘어가게 웃어 대는 그의 모습을 매일 목격하고 있다.

"방송이 거의 끝나갈 무렵 청취자들이 보낸 문자 메시지를 읽어 주는데 그 시간이 가장 즐거운 시간이에요. 문자 메시지 특유의 표현과 재치가 너무 재밌어요."

'이현우의 뮤직 라이브'는 이미 1년 전에 그가 진행했던 프로그램이다. 나는 그때도 그의 바통을 이어받아 '허수경의 가요풍경'을 진행했었다. 그래서 나는 요즈음의 그가 궁금했다. 그가 어딘가 달라졌기 때문이다. 과묵했던 그가 그토록 밝고 경쾌한 수다를 떨다니, 무표정했던 그가 그토록 시원하게 웃다니, 어찌된 일일까?

"처음으로 제가 스스로 원해서 하는 일이거든요. 당연히 기분이

이
현
우

좋죠!"

그가 '뮤직 라이브'의 마이크를 놓은 사이, 신성우씨가 그 자리를 지켰었다. 그러나 봄 개편을 앞두고 신성우씨가 그만두면서 '뮤직 라이브'는 다음 DJ 선정에 큰 부담을 안게 되었다. 워낙 굵직한 인물들이 진행을 했었기 때문에 그에 비견될 인물을 찾기가 쉬운 일이 아니었기 때문이다.

"제가 다시 해보겠다고 했어요. 성우는 저랑 친구잖아요. 성우가 그만둘 때 마침 저는 미국에 잠시 가 있다가 돌아와서 시기가 잘 맞았어요. 그리고 무엇보다 친구가 하던 방송을 다시 이어받아 멋지게 완성해 내고 싶은 욕심이 생겼지요. 정말 멋지게 해내서 최고의 프로그램으로 만들고 싶어요."

음악 이외의 일에 대해서 그렇게 다부진 각오를 펼치다니, 그 또한 참 의외이다. 그는 워낙 표정이 없어서 매사에 시큰둥해 보인다. 그리고 말을 할 때는 최소한의 어휘만으로 최대한 절제해서 하는 편이라 구체적인 답변을 얻기 위해서는 여러 번 질문을 거듭해야 한다. 그런데 지금 그는 엄청나게 긴 문장으로 '가열찬'(그가 방송에서 종종 사용하는 어휘다) 자신을 드러내고 있다.

"마음을 고쳐먹었어요. 좀 밝아질 필요가 있겠다는 생각이 어느 순간부턴가 들더라구요. 사실 우린 모두 외롭잖아요. 참 외로워요. 어떤 때는 너무 외로워서 외로운 게 멋지다는 생각까지 했어요. 그런데 그렇게 그냥 나를 내버려두니까 심지어 고독해지더라구요. 외로움은 견딜 수 있지만 고독은 참 무서워요. 늘 우울하고 침잠하는 기분. 어느 날, 기운이 하나도 없이 집에 있다가 불현듯 생각했어요. 아, 벗어나야 겠다!"

그는 고독에서 벗어나기 위해 우선 한국으로부터 잠시 벗어났다. 2002년 7월, 유학차 미국으로 떠난 것이다. 그리고 몇 개월 후 그는 'STAY'와 '중독'이 담긴 8집 앨범과 'FAT DOG'라는 브랜드, 그리고 '뮤직 라이브'라는 프로그램을 들고 다시 대중 앞에 섰다. 아마도 그의 유학이 크나큰 에너지가 되었으리라.

"그림 공부를 하러 갔었어요. 알려진 것처럼 디자인 공부나 사업을 위한 준비 뭐 그런 건 아니구요. 그야말로 순수하게 그림을 그리러 간 거였어요. 저한테 그림은 골프 좋아하는 사람이 골프 치러 가는 것과 같아요. 미국에는 저의 가족들이 있으니까 편안하게 쉬면서 학교에 가서 그냥 맘껏 그림을 그렸어요. 모처럼 행복한 시간이었지요."

그는 대학에서 산업미술과 순수미술 두 가지를 전공했다.

음악을 포함해서 그는 예술 전반에 대한 애착이 남다르다. 젊은층을 겨냥한 캐주얼 브랜드 'FAT DOG'의 탄생도 그런 그의 예술적 기질에 기반한다.

"노래할 때 전 좀 남다른 의상을 입고 싶었어요. 그래서 기존에 있는 디자인을 입기보다는 뭔가 다르게 리폼을 하거나 새로 디자인을 해

이현우

서 제작해 입었지요. 그런데 다들 너무 좋다고 하는 거예요. 그래서 처음에는 재미삼아 여러 벌 만들어서 팔아 보면 어떨까 생각했지요. 제일 평화시장에 안테나점(일종의 도매점을 말함)을 마련했는데 반응이 너무 좋아서 지금은 회사 식구도 늘고 물량도 엄청 많아지고 명동, 일산, 청주…… 이곳저곳에 지점도 생겨났어요. 처음 해보는 일이라 그 동안에 예기치 못한 '수업료'도 많이 내고 이런저런 고충도 있었는데, 이제는 자리가 잡혔어요. 이제야 비로소 제대로 시작하는 기분이에요."

요즈음 스튜디오에서 마주치는 그는 예전보다 훨씬 젊어진 모습이다. 늘 자신의 브랜드를 입고 있기 때문이다. 당연히 홍보효과 만점!

"가수들한테 협찬도 하시겠네요?"

"네. 애즈원 같은 앳된 친구들이 주로 저희 옷을 입어요. 고맙죠."

"이참에 음악도 분위기를 젊게 바꿔 보시지 그랬어요. 댄스나 힙합 같은 거……."

"하하하, 제가 댄스를요? 아휴, 절대 안 어울리죠."

8집 앨범에 담긴 'STAY'나 '중독'은 그 특유의 나직하고 건조한 읊조림 속에 문득문득 터져 나오는 외침들이 어우러지면서 마치 '불을 켜지 않은 혼자만의 방에 우두커니 앉아 있는 그'를 연상시킨다. 햇살 좋은 봄날이면 오히려 청취자 사연의 절반 이상이 외롭다는 탄식이다. 그래서일까? 그의 새 앨범은 이미 각종 순위 차트에서 수위를 기록

흔들리고 싶은 과묵한 루루룸

하고 있다.

"외로움을 위로하고픈 마음에서 만든 앨범이에요. 사랑이 그리워서 외로운 이들뿐만 아니라 이 세상을 살아가면서 수많은 갈등과 부조리 속에 하루하루 견뎌 나가는 모든 외로운 이들을 위로하고 싶었어요. 그런데요, 다 만들어 놓고 보니까 나 참, 제 음악을 들으면 더 외로워질 것 같더라구요. 음악은…… 도대체 밝아지질 않아요."

그가 맨 처음 음악에 빠져든 것은 중학교에 다닐 무렵이었다. 그때까지만 해도 그는 한국에서 학교를 다녔었다. 음악 듣기가 취미였던 그는 이민을 앞두고 친구들과 뭉쳐서 그룹을 결성했었다고 한다.

"좋은 추억이 될 것 같더라구요. 친구들하고 록그룹을 만들었어요. 이름이 뭐였냐면요, 엽전들!"

그룹 '신중현과 엽전들'에서 딴 이름이다. 하지만 우습게도 악기 한번 만져보지 못하고 그룹은 해체되고 말았다.

"악기가 보통 비싼 게 아니잖아요. 어린애들이 무슨 돈이 있었겠어요. 그래서 각자 말로만 포지션을 정했어요. 누구는 드럼, 누구는 건반, 전 기타와 보컬을 맡았지요. 그때 교복 자율화 되기 직전이라, 아시죠? 까만 교복…… 그걸 입고 진짜 악기 대신에, 하하…… 빗자루 들고 노래하고 그랬어요."

빗자루를 들고 온갖 폼을 잡으면서 열창을 하는, 교복 입은 까까머리 이현우를 상상하자니 웃음이 터져 나온다. 그렇게 꿈 많던 학창시

절, 그의 부모님은 '교육'을 위해 이민을 결정했다. '엽전들'의 리드
보컬 이현우가 고등학교 진학을 앞두고 불현듯 미국행을 결정하게 된
것이다.

"시청 공무원이셨던 아버지와 전업 주부이셨던 어머니가 아들
둘, 딸 둘, 네 아이를 이끌고 미국엘 가신 거예요. 그러니 처음에 얼마
나 힘들었겠어요. 부모님도 난생 처음 겪어 보는 일들이 매일매일 이
어지고 영어 한 마디 못하는 우리들도 미국이라는 사회에 적응하기가
너무 힘들고…… 그때가 우리 가족에게는 가장 어려운 시간이었어
요."

"그럼 음악은 당분간 포기해야 했겠네요?"

"아니요, 저는 미국에 가서도 음악에 대한 꿈을 여전히 간직하고
있었어요. 그 시절에는 자식이 음악 한다고 돌아다니면 부모님이 다들
야단하고 그랬잖아요? 하지만 저희 가족은 누구도 서로 신경 써줄 처
지가 못 됐어요. 그래서 특별히 반대에 부딪히는 일은 없었어요. 저한
테는 오히려 잘된 일이었죠."

변화의 급류에 휘말려 온 가족이 표류하는 동안 그의 음악적 재능
은 날로 성장했다. 어느 날 가수가 되어 있는 그를 발견한 가족들은 어
떤 느낌이었을까?

"제가 외할아버지의 기질을 이어받았음을 확인하는 계기가 되었
죠. 알고 보니까 저희 외할아버지가 그 옛날에 영화 일도 하시고 창극

도 하시고 그림도 그리셨다는 거예요. 그 피를 이어받은 이모님은 성악가시구요. 게다가 더 놀라운 건, 알고 보니 저희 아버지도 사실은 성악을 하고 싶어 하셨는데 친할아버지께서 엄청나게 반대하셔서 못하시고 결국 공무원이 되신 거였어요. 제가 음악에 그렇게 매달렸던 게 다 이유가 있었던 거지요."

그의 부모님은 교육을 위해 이민을 선택할 만큼 자녀교육에 대한 정기가 남다르신 분들이었다. 가정교육 또한 예외가 아니다.

"자식들을 참 잘 키워 주셨어요. 특히 가정교육을 중요하게 생각하셨죠. 아버지가 공무원이셨기 때문인지, 바르고 정의롭게 살아야 한다고 늘 강조하셨어요. 그것은 지금의 제 삶에도 큰 지침이 되고 있지요."

그는 '뮤직 라이브'에서 클로징 멘트를 할 때 '안녕히 계세요' 대신 '자연을 사랑합시다'라는 말로 마무리를 한다. 공부하기 싫다는 사연에는 공부를 열심히 해야 한다고 주문하고, 교통사고가 났다는 사연에는 안전 운전의 중요성에서부터 교통질서 지키기, 양심 있는 사회 만들기에 이르기까지 '바른 생활'의 필요성을 꼭 짚고 넘어간다.

예전의 '몰래 카메라'라는 TV프로그램 코너에서 건달들에 대처하는 그의 모습을 포착한 적이 있다. 덩치 큰 건달들 여럿이 나타나 위협을 가한다면 이현우는 과연 어떻게 할까? 누가 봐도 슬쩍 도망치는 게 상책인 상황이었다. 그런데 이게 웬일. 가냘픈(?) 이현우가 '당신

이
현
우

들 뭐야!' 하면서 건달들보다 더 건달처럼 맞장을 뜨는 것이었다. 그 멋진 장면을 기억하는 이가 아마도 나뿐만은 아니리라.

그의 정의로움은 때때로 뉴스를 통해 접하게도 된다. 2002년 12월 'SOFA' 개정 촉구를 위한 방송·문화·예술인의 시위현장에서나, 이라크 파병을 반대하는 격렬한 시위 현장에서, 결의에 찬 그의 모습을 볼 수 있었다. 지켜보는 시각에 따라 해석은 다양할 수 있지만 어쨌든 그는 불의를 보면 못 참는 사람이다.

"전 그저 제 생각을 실천에 옮길 뿐이에요. 어떤 개인적인 득실이나 사회적인 반향 같은 건 고려하지 않아요. 옳다고 생각하는 것이 있으면 당당히 외치는 거지요."

사랑을 할 때는 어떤 모습일까? 시위 현장에서의 진지한 얼굴, 무뚝뚝한 일상의 얼굴, 마이크 앞에서 펄쩍펄쩍 뛰며 열정적으로 노래하는 그의 땀에 젖은 얼굴까지…… 모두를 생각해 보았다. 사랑하는 여자와 함께 있다면, 그는 어떤 표정일까?

"전 사랑을 하면 미쳐요. 사랑 이외에는 아무것도 못해요. 전 전화를 3분 이상 못하거든요. 그런데 밤을 새워 통화를 해요. 전화기가 뜨거워져서 잠깐 식혔다가 또 한다니까요. 집 앞에 가서 밤새 기다리고 그 사람 만날 생각하면 가슴이 터져 버릴 것만 같고 그 사람 없인 죽을 것만 같고…… 그러다 어느 순간 깨닫지요. 아, 내가 미쳐 있구나."

그가 그런 불타는 사랑을 해본 사람이라니 내 가슴이 다 뭉클하다.

흔들리고 싶은 과묵한 루르룸

"우와, 멋지네요. 그런 사랑 해본 지가 언젠지⋯⋯."

"글쎄 말예요. 이젠 그런 사랑 못할 것 같아요. 이것저것 따지는 것도 많아지고 자꾸만 조심스러워지고, 사람 만나는 게 그때처럼 쉽지가 않네요."

"그러게, 미쳐 있을 때 그냥 확 결혼해 버려야 한다잖아요. 그때 그렇게 사랑하면서 왜 헤어지셨어요?"

"뭐⋯⋯ 성격 차이죠. 헤어지는 커플들이 인터뷰에서 흔히 하는 말이지만 그 말 정말 맞는 말이다 싶어요."

그는 2남 2녀 중 둘째다. 세 살 위인 형과 아래로 두 여동생은 모두 결혼을 했다. 그래서 조카가 벌써 셋이나 된다.

"한국에서 활동하느라 오랫동안 떨어져 지내고 여태 혼자 결혼도 안했고, 식구들이 많이 걱정하겠어요?"

"그렇죠. 그래도 결혼하라고 잔소리는 안하세요. 저희 부모님은 자식 넷 중에 셋을 다 결혼시켜선지 뭐, 나 하나쯤 혼자 살면 어떠랴 하시는 것 같아요."

일명 노총각 4인방 중에 현재 50% 목표 달성. 윤종신과 이현우 두 사람은 아직도 스캔들 기사 하나 나오질 않고 있다. 아무리 주변에서 스트레스를 주지 않는다 해도 누구보다 본인이 가장 다급한 상황이 아닐까?

"근데요, 사실 그렇지도 않아요. 친구 결혼식 가서 축가도 불러 주고 신혼집 집들이에도 여러 번 가 봤지만 보기 좋기는 한데요, 그렇게 부럽지는 않더라구요."

보기는 좋은데 부럽진 않다니. 올해 안에 꼭 결혼하겠노라고 신년 포부를 밝힌 그가 아닌가.

"결혼도 해야겠지만 무엇보다 저 혼자만의 것들로 다져진 부분들이 쉽게 포기가 안 돼요. 이따금 외로움의 나락으로 빠져들기도 하지만 그보다 많은 것들이 아직은 즐겁고 꽤 만족스럽거든요."

하루빨리 좋은 사람 만나 결혼해서 알콩달콩 살고 싶은 간절한 소망을 품고 있으나 아직은 '결혼'이라는 새로운 미래를 분양받기 위해 '자유'라는 담보를 제공할 결심이 서지 않은 모양이다. 문득 결혼은 '내가 선택하는 것'이 아니라 '결혼이 나를 선택하는 것'이라는 생각이 든다.

"결혼에 임하는 자세를 보니 아직은 때가 아니네요. 하지만 또 모르죠. 갑자기 인연이 나타나 줄지도 모를 일. 그렇다면 어떤 남편이 되고 싶으세요?"

"친구 같은 남편이요. 아내에게 뿐만 아니라 아이들에게도 친구 같은 아빠가 되고 싶어요."

"아이는 몇이나 두실 건데요?"

"둘 정도가 좋을 것 같아요."

여자도 없으면서 아이를 둘이나 계획하다니, 아무래도 자유를 벗

어딘질 날이 곧 오겠다 싶다. 도대체 그의 인연은 어디에 숨어 있단 말인가.

"예전에, 머리 길고 하늘거리는 원피스를 입은 여자를 보면 마음이 끌린다고 이현우씨가 이상형을 말한 적이 있는데 기억하세요?"

"네. 좀 고전적 타입을 좋아했죠. 근데, 지금은 생각이 바뀌었어요. 겉모습이 얌전하고 수줍게 보인다고 그 사람 자체가 그런 건 아니더라구요. 야하고 섹시하게 옷을 입어도, 겉모습은 취향의 문제라는 걸 알았어요. 만나 보면 의외로 얌전하고 내성적일 때도 있거든요."

"그럼 이젠 이상형을 다시 말해야겠네요?"

"음 애교가 많고 귀여운 타입이요. 체구도 아담하고……."

자그마한 얼굴로 밝게 웃으며 그를 남편이라 부를 여자를 상상해 본다. 그녀는 이현우란 남편과 어떻게 호흡을 맞출까.

그는 새 앨범 홍보하랴, 사업체 운영하랴, 매일매일 '뮤직 라이브'를 진행하고 매주 수요일에는 '수요예술무대'를 방송한다. 그 외에도 이런저런 스케줄이 산적해 있는 그에게 '자유'라는 호흡이 어떻게 가능할지 궁금하다.

"집에 혼자 있는 시간하고 친구랑 술 마시는 시간, 그때가 가장 자유롭죠."

이제야 그의 고민이 납득된다. 만약 결혼을 한다면 그 두 가지가 송두리째 뽑혀 나가기 십상이니.

이
현
우

"집에 혼자 있으면 뭐하세요?"

"사람들 불러들여서 술 마시죠. 하하."

"밥은 잘 챙겨 드세요?"

"그럼요. 전 혼자 살아도 아침을 꼭 챙겨 먹어요."

그의 아침은 사실 점심이다. 12시에 일어나고 밤은 거의 새운다. 집에서도 러닝머신을 놓고 운동을 하고 집 근처에서 농구를 하기도 한다. 얼마 전까지는 인라인스케이트를 열심히 탔지만 한 번 크게 다쳐서 지금은 안 탄단다. 그러고 보니 눈썹 위의 상처가 많이 아물었다.

"집도 예쁘게 해놓고 사시죠?"

"예쁘다기보다는 전 깨끗하게 해놓고 사는 편이에요. 잘 어지르지도 않지만 잘 치우기도 하죠. 남자 혼자 산다고 지저분하게 해놓지는 않아요."

가만 보니 그는 '독신남'의 가장 바람직한 생활상을 보여주는 듯하다.

"스케줄은 버겁지 않으세요?"

"나름대로 잘 운영을 해요. 예를 들어 사업의 경우에는 제가 일일이 뛰지 않고 전화로 처리를 해요. 일주일에 한 번 정도만 출근을 하지요. 일이 많아도 가끔씩 미국의 집에 가서 휴식을 취하기도 해요."

그래서 가끔 '수요예술무대'의 진행자가 바뀌곤 한다. 미리 녹화를 할 때도 있지만 여의치 않을 때는 다른 진행자가 얼마간 도와주게

흔들리고 싶은 과묵한 루르룸

된다. 그렇게 지나오길 벌써 6년째다.

"그렇게 오래 할 줄은 몰랐어요. 처음에 김광민씨가 하다가 좀더 대중성을 부여하기 위해서 저를 기용한 건데, 시청률이 높은 것도 아니고 그것도 밤늦은 시간에 하는 프로그램이잖아요. 제가 합류하면서 6년짼데 처음부터 따지자면 10년 된 프로예요."

'수요예술무대'는 여러모로 특별한 프로그램이다. 시청률 5%대의 심야 프로그램이 장수를 한다는 것 자체가 이 시대의 기적이다. 달변이 아닌 두 진행자가 6년째 교체되지 않고 자리를 지킨다는 것 또한 참 신기한 일. 말 잘하는 사람보다 오히려 더 매력적인 두 사람을 보면 방송인인 나조차 깨닫는 바가 크다.

"저희 스스로도 신기해 해요. 광민이 형하고 진행하다 보면 둘 다 참 안 도와줘서 서로 짜증이 나죠. (웃음) 요즘 같은 때에 가수들한테 이상한 거 안 시키고 뮤지션답게 출연할 수 있는 프로가 별로 없잖아요. 시청자는 어렵지 않으면서도 격조 있는 예술을 만날 수 있고, 출연자는 자신의 음악을 진지하게 표현할 수 있고……. 저는 뭐 간단간단하게 다리 역할만 하지요. 무엇보다 한 사람의 프로듀서가 하나의 고집으로 일궈낸 힘이 가장 크다고 봐요."

앞으로도 그의 스케줄은 늘면 늘었지 줄어들 기미는 영 보이지 않는다.

"새 앨범 나왔으니, 콘서트도 곧 하시겠네요?"

이
현
우

"네. 해야죠. 근데 6월에 MBC 미니시리즈에 출연할 예정이에요. 제목이 '옥탑방 고양이' 인데 그거 끝나면 주말마다 콘서트를 할 거예요."

이미 데이트할 금쪽 같은 시간들을 저당잡힌 그가 어떻게든 틈을 내어 누군가를 미치도록 사랑할 일이, 부디 있기를 고대한다.

'옥탑방 고양이' 를 이미 지나 '결혼하고 싶은 여자' 에 당도하기까지 1년이라는 시간이 또 흘렀다. 그리고 지금 그는, 비록 데이트는 아니지만 어떻게든 틈을 내어 또 한 장의 새 앨범을 내놓았다. 옛 그룹 '무당' 의 노래를 리메이크한 9집 앨범 타이틀 곡 '멈추지 말아요' 가 울려 퍼질 때 CD가 멈추지만 않는다면, 틀림없이 'My Dianna' 를 만나게 된다. 빠져들어서 미치는 건지, 미쳐서 빠져드는 건지 알 수 없는 사랑의 블랙홀을 향해 아직도 멀리멀리 우회하고 있는 그의 화살표가 마침내 안착하여, 비로소 함께 뜨거운 해를 그릴 그의 Dianna는 지금 어디까지 오고 있을까.

네 모 난 숲 의 소 나 무 음 자 리

신 승 훈

신승훈

똑똑한 사람들은 그 머리를 주로
자신의 이익에 쓰기 때문에 자만과 욕심으로
이어지고, 결국 실패를 자초하게 된다.
다시 말해 진짜 머리가 좋은 건 아니었던 것이다.
그래서 나는 똑똑한 사람보다는 착한 사람이
좋다. 아무것도 모르는 바보이거나,
정말 모든 것을 다 알거나, 둘 중 하나여야
착해질 수 있다고 나는 생각한다. 그런 면에서
그는 두 가지를 다 갖고 있는 듯하다.

아홉 살 때, 우리 식구가 이층 양옥집에 세 들어 살 때, 내가 큰 길 건너 친구네 집에 한번씩 갔다 오면 어머니는 늘 물었었다. "아파트가 참 좋지?" 나는 그때마다 자랑을 늘어놓았었다. 뜨거운 물이 항상 나오고 목욕탕에 큰 거울이 달려 있고 부엌에선 신발을 신을 필요가 없다고 말이다. 그 후로 어머니는 버스를 타면 차창으로 그 동네를 기웃거리며 혼자 중얼거리곤 하셨다. "우리는 언제 저런 집에 사나……."

그로부터 3년 후 우리 식구는 드디어 아파트에 입성했다. 본격적으로 대단지의 서민아파트가 지어지면서 잠실의 5층 높이 공중생활을 나도 처음 경험하게 된 것이다. 그때 '진기한' 놀이터에서 정신을 빼고 있는데 한 남학생이 와서 '너희 집은 몇 동이냐'고 물었다. 동호 수의 개념이 전혀 없던 나는 그만 머뭇거렸고, 그 남학생은 자존심이 상했는지 횡 하니 가버렸던 기억이 난다.

그곳에서 단지를 옮겨 다니며 아파트 생활을 얼마간 했던 것과 1년 정도씩 두 차례 고층 아파트에 살았

신승훈

던 것 말고는 나는 아파트 생활을 그다지 오래하지 않았다. 그래서인지 지금도 나는 경기하듯이 뻗쳐선 아파트 단지에 들어서면 언제나 숨이 턱 막힌다. 게다가 그날은 후텁지근했다. 퇴근 길 정체를 뚫고 친구네 동네에 당도했던 그날도 아파트 입구부터 숨이 턱 막혀, 고작해야 허공에 쌓아올린 콘크리트 상자를 그렇게나 비싼 값을 주고 살아야만 하는 빽빽한 도시의 삶이 또 한 번 갑갑해졌다. 그때 친구가 불쑥 던지는 말, "우리, 그네에 앉아서 얘기할까?" 나는 예상치 못한 '그네'란 말을 듣고 순식간에 숨통이 트였다.

네모반듯한 아파트가 네모반듯하게 둘러쳐져 있는 네모반듯한 '마당' 한켠에 그네가 두 개, 수줍은 연인처럼 나란히 거닐고 있었다. 그네에 앉자 또 하나의 진기한 풍경, 분수처럼 솟으며 낮게 혹은 높게 키재기를 하고 있는 열 그루의 소나무가 가까워졌다 멀어졌다, 좀더 가까워졌다 아주 멀어졌다 한다. 아직은 키만 자랄 뿐, 어린아이 머리처럼 곱상한 바늘잎이 네모난 불빛을 받아 반짝거리고 곧게 혹은 구

불거리며 날씬하게 뻗은 그들의 다리는 짧은 치마를
입은 듯 하얗게 빛나고 있었다. 수다는 떨 생각도 없
이 그저 왔다갔다 하는 그네만 바라보는 나에게 친
구가 음악처럼 건네는 말이 있었다. "맥주 한 캔 사
들고 여기 앉아 바람이나 솔솔 쐬고 있으면 얼마나
기분이 좋은지……."

신승훈

나는 그에게 한 번도 편지를 쓴 적이 없다. 그런데 그의 답장을 받았다. 2004년 2월 14일 올림픽 체조경기장. '9th Replay'라는 타이틀의 새 음반이 그의 팬들 앞에서 처음으로 연주되었다. 그가 데뷔한 지 14년. 그간에 단 한 번도 그의 공연을 본 적이 없던 나는 남다른 설렘을 안고 꽤 이른 시간에 공연장에 도착해 있었다.

객석은 아직 다 차지 않은 상태. 노란색 의자가 한 칸씩 메워질 때마다 나는 조바심을 냈다. 엄청난 규모의 저 객석들이 과연 다 채워질 수 있을까. 그러나 놀랐다. 시간이 되자 객석은 초만원을 이루었다. 일부 팬들은 자리가 없어 관람 포기를 할 수밖에 없는 상황이었다. 물론 유료관객이 99%다.

'신승훈'이라는 이름 석 자는 과연 대단했다. 새 앨범이 나올 때마다 변하지 않으면 죽음을 각오해야 하는 요즈음의 가요시장에서 오로지 한 길. '언제나 늘 그러한'-'발라드'만을 고집하는 그가 이토록 변함없이 사랑받고 있다니. 1만3천 명의 관객 속에서 그에게 처음으로 편지를 띄웠다. 뜨거운 박수로, 그리고 또 한 번의 만남으로.

이틀 후 여의도의 한 카페에서 그를 만났다. 흰 셔츠에 검정 재킷 그리고 새로 산 안경…… 그의 트레이드마크가 한눈에 들어온다. 데뷔한 시기나 나이가 엇비슷하고 방송을 통해 종종 마주쳐서 그런지 개인적인 친분이 없었음에도 무척 친근한 느낌이 들었다. 그리고 가수로서, 관객으로서 일부분을 공유하게 된 때문인지 그와 나는 성공적 공연의 후일담으로 쉼 없이 이야기꽃을 피웠다.

"공연의 시작 부분이 아직도 잊혀지지가 않아요. 막이 오르기 전에 하얀 커튼 위로 그려지던 동양적인 그림이나 무대 뒤에 펼쳐졌던 병풍…… 특히 사물놀이의 등장은 정말 최고였어요."

"기본적으로 저는 발라드를 추구하지만 새 앨범이 나올 때마다 하나의 새로운 색깔을 입혀요. 이번에는 동양적인 색채, 오리엔탈리즘을 담았어요. 그래서 9집 앨범 '프롤로그'도 그렇고 '애심가'나 '애이불비2'를 들어 보면 그 느낌이 아주 강하게 오죠."

"크로스오버라고 해서 장르와 장르, 문화와 문화를 교차시키는 시도가 많이 있긴 하지만 대부분 '시도'에서 그치잖아요. 그런데 전 이번엔 그 이상도 가능하다는 걸 느꼈어요. 대중가요의 세션과 우리 전통의 사물놀이가 서로를 정말 완벽하게 흡수한 느낌이랄까요?"

"영화 '엽기적인 그녀'로 중국에서 '아이 빌리브'가 엄청난 인기를 얻었어요. 그래서 중국에서의 공연 기회가 여러 번 있었는데 한번은 아시아권의 가수들이 모여서 저마다의 히트곡을 부르는 공연이 있었어요. 한 곡 한 곡 들으면서 깜짝 놀란 사실이 있지요. 예를 들어 중국 가수의 히트곡은 다 중국풍인 거예요. 중국 전통의 악기가 등장하고 그들의 색깔이 고스란히 배어 있더라구요. 근데 그런 곡이 히트곡이고 대중가요였어요. 그때 제가 부른 곡은 '전설 속의 그대'였는데……. 아시죠? 아프리카 분위기! (웃음) 노래를 하는데 뭔가, 좀 그렇더라구요. 저한테는 그야말로 아프리카의 초원을 달려가는 듯한 최고 사운드의 대곡인데 어쩐지 마음이 아팠어요. 우리의 색깔이나 전통적인 악기나…… 그런 게 담겨 있지가 않잖아요. 그때 깨달았죠. 새 앨범에 무엇을 담아야 할지를!"

14년간 대중의 감각을 꿰뚫어온 그다. 무엇을 담아야 하는가를 알았을 뿐만 아니라 어떻게 담아야 하는지도 그는 알았다. 강한 드럼이 꽹과리를 만나 예리해지며 가야금의 단조에 바이올린의 파워가 실려 마치 슬픔이 솟구치는 느낌이었다.

"전 이번 공연을 접하며 새삼 깨달았어요. 신승훈씨가 '가수'라는 타이틀로 불리지만 사실은 '뮤지션'이라는 이름이 더 맞는다는 생각이요. 작곡, 작사, 노래 모두 하시잖아요."

"사실은 그렇죠. 지난해, '10년간 1위를 가장 많이 한 가수'로 뽑혔어요. 그런데 '1위곡을 가장 많이 만든 작곡가'로도 선정됐거든요. 그럴 수밖에 없는 게 제가 부른 곡은 거의 대부분 제가 만든 곡이거든요. 그러다 보니 프로듀서도 하게 되고 공연도 기획부터 연출, 노래를 부르는 순서까지 모든 걸 다 하게 돼요. 곡을 쓰기 시작한 게 맨 처음, 1집 〈미소 속에 비친 그대〉 때부턴데 '가수'로서의 이미지가 너무 강해선지 조사 결과를 보고 의외로 놀라는 분들이 많더라구요."

"새 앨범이 나올 때마다 두문 분출하는 이유도 '뮤지션'이기 때문이지요?"

"평균 1년 6개월에 한 번씩 새 앨범을 냈어요. 앨범 작업이 시작되면 그 일 말고는 거의 아무것도 안 해요. 이번 앨범은 2년 만에 나왔는데…… 이런 카페를 2년 만에 처음 왔다니까요."

그는 한 앨범에 관련한 가수로서의 활동이 일단락되면 다음 작업을 하는 동안에는 더 이상 가수가 아니다. 새 앨범의 기획자가 되고 오로지 한 가지 일만 한다. 하얀 백지 위에 1번 곡은 어떤 악기, 2번 곡은 어떤 사운드, 3번 곡은 어떤 분위기…… 그것만 썼다 지웠다 반복한다. 그 작업이 끝나면 곡을 쓴다. 이땐 오로지 작곡가다. 가수 이승환 씨가 작곡가로서의 그에게 붙여준 별명이 하나 있다. '마르지 않는 샘물.' 그러나 그에게 있어 '작곡'은 샘물이 아니라 계곡이고 계곡이 아니라 고통의 바다다. 용케도 나는 그의 낡은 일기장의 몇 줄을 훔쳐보게 되었다.

'이렇게 외로울까. 밤을 꼬박 새우면서도 나는 단 반 줄도 쓰지 못했다. 남들은 최고 인기가수라고 말하지만 나는 바늘 위에 올라서서 바다 속에 있는 진주를 찾는 기분이다. - 93. 1. 9.'

'바늘에 가슴을 꽂고 바다 속을 헤매는' 동안 그는 일부러 찾아오는 사람이 아니면 사람 구경도 하지 못한다. 그러다 보니 어쩌다 편의점에 갈 때, 하도 망가진 모습으로 가서 아무도 못 알아본다. 아주 오래전 일이지만 한때 '신승훈은 편의점 갈 때도 정장 입고 간다'는 농담이 진담처럼 퍼졌던 일이 있다. 그러나 실상 그가 망가져 있는 모습은 마주쳐도 못 알아보기 때문에 아무도 흐트러진 모습을 본 적이 없어서 만들어진 이야기다.

그렇게 그의 '진주 찾기'는 작사가로까지 이어진다. 작사를 할 때는 책과 종이 그리고 펜 하나만 있으면 준비 완료다. 어디든 발길 닿는 대로 떠난다. 물론 절대 정장을 입을 리 만무하다.

"제 이름에 시옷이 많이 들어가잖아요. 그래서 누가 저만치서 속닥속닥할 때 '스스…… 스스' 하는 소리가 들리면 금방 아, 내 이름 말하는구나 하고 알아요. 한번은 가사 쓰느라고 어딜 갔는데 근처에 있던 두 사람이 서로 '스스…… 스스……' 하더라구요. 그리곤 역시나 '에이, 아니야'로 저에 대한 관찰을 끝냈어요. 작업하는 동안에는 진짜 엉망이에요. 살도 엄청 찌구요."

그때 찐 살들은 녹음이 시작되면 저절로 빠진다. 그래서 녹음이 끝나고 다시 가수로 돌아오면 14년이 한결같은 깔끔하고 단정한 '발라드의 황제'가 되는 것이다.

"그런 창작의 고통을 14년째 계속 이어간다는 것, 그러면서 자리를 변함없이 지킨다는 것, 쉽지 않은 일이잖아요. 어떤 원천적인 재능이나 운이 있지 않고서는.

"저도 어떤 힘으로 여기까지 왔는지는 잘 모르겠어요. 어떤 때는 스스로도 놀라요. 예전에는 더욱 그랬죠. 처음에 데뷔해서 바로 유명

네모난 숲의 소나무 음자리

세를 타기 시작하고 내놓는 앨범마다 승승장구하고. 겁이 날 정도로 놀라웠어요. 내가 쓴 곡이, 내가 부른 노래가, 이렇게까지 대단한 반응을 얻다니, 그저 신기하고 믿어지지 않고…… 그랬죠. 그건 지금도 마찬가지예요. 끊임없이 사랑해 주는 팬들이 고마울 따름이지 제가 뭔가 특별해서 얻어졌다는 생각은 안 들어요. 다만 한 가지, 제가 머리는 좋아요. 아이큐가 150인걸요.”

“어머, 거의 천재네요.”

“아이큐 지수로 보면 그렇게 볼 수도 있지만…… 저한테 머리가 좋다는 건 좀 다른 의미예요. 절대 자만하면 안 된다는 것, 언제나 겸손해야 한다는 것, 그리고 욕심 내지 말아야 한다는 것, 그 세 가지를 알고 지킨다는 의미예요.”

그건 정말 맞는 말이다. 똑똑한 사람들은 그 머리를 주로 자신의 이익에 쓰기 때문에 자만과 욕심으로 이어지고 결국 실패를 자초하게 된다. 다시 말해 진짜 머리가 좋은 건 아니었던 것이다.

그래서 나는 똑똑한 사람보다는 착한 사람이 좋다. 아무것도 모르는 바보이거나, 정말 모든 것을 다 알거나, 둘 중 하나여야 착해질 수 있다고 나는 생각한다. 그런 면에서 그는 두 가지를 다 갖고 있는 듯하다. 동료들은 이따금 그를 놀린다. 놀리면 진지하게 당황하는 그가 재미있어서다.

학창시절의 친구들은 그를 바보라고 부른다. 세상물정은 하나도

신승훈

모르고 음악만 알기 때문이었다. 그러나 지금 그는 명실상부한 '최고'
다. 9집 앨범 판매가 100만 장을 기록한다면 그는 앨범 판매량 '1천
500만 고지'에 오른다. 그럼에도 불구하고 그는 폼을 잡지 않는다.

　"외국에 한국가수 대표로 초청을 받으면 어떻게 '대표'가 나일 수
있느냐고 반문했어요. 저 자신을 그렇게 대단한 존재로 생각하지 않기
때문이에요. 매번 앨범을 만들 때도 제가 모든 걸 다 할 수야 있지만 전
적으로 그것에 의존한다거나 스스로의 능력을 완전히 믿고 도취한다
거나 하지는 않아요. '모두 내가 했다'는 자만이 가장 큰 맹점이 되거
든요. 그래서 단 한 곡이라도 다른 사람의 곡을 넣죠. 이왕이면 유명한
뮤지션이 아닌 신인을 발굴해서 저도 덕을 보고 그 친구에게는 기회가
되고."

　그는 그렇게 신인을 발굴해서 맨 끝번 곡이 아닌 1번 곡에 자리를
내어주기도 한다. 한 가지 일에 대해 매우 유능하고 오랜 시간 동안 훈
련되어진 경우 가장 많이 저지르는 실수가 자만과 태만이다. 흔히 말
하는 매너리즘에 빠지는 것이다. 매너리즘에 빠지지 않는 방법이자,
매너리즘으로부터 탈출하는 유일한 방법으로 '초심으로 돌아가기'를
나는 최선으로 꼽는다. 일에 대한 열정과 겸손이 그 안에 모두 있기 때
문이다.

　"고향 대전에서 딱 5만원 들고 서울에 왔던 생각이 나요. 조덕배
씨가 서는 무대에 저를 세워 주겠다는 선배의 말 한 마디만 믿고 무작

정 올라온 거죠. 물론 제가 너무 순진했어요. 생각처럼 일은 되지 않았고 앞길은 막막하기만 했죠. 그러던 어느 날 생각했죠. 그래, 여의도로 가자!"

그리하여 그는 방송국 근처의 방을 하나 빌리게 되었다. 할머니 혼자 사시는 조그만 아파트였는데 짐이라곤 기타 하나에 얼른 봐도 미래가 불투명해 보이는 시골 청년이 안쓰러웠는지 그 할머니는 나중엔 방 값도 받지 않으셨다. 덕분에 얼마간은 더 서울 생활이 가능했지만 그러나 그 또한 마음대로 되지 않았다.

"돈이 없으니까 일주일을 내내 라면만 먹게 되었어요. 그게 잘못 됐는지 뱃속이 심상치가 않더라구요. 안 되겠다 싶었죠. 그래서 있는 돈을 모두 꺼내 보았죠. 당시에 대전 가는 통일호 기차표 2300원 빼고 딱 50원 남더라구요. 버스비가 150원인데 100원이 모자란 거죠. 그래서 맨날 라면 사러 갔던 슈퍼마켓에 갔어요. 거기 가면 친구가 하나 있는데, 몸이 불편해 구걸을 하는 아이였어요. 가끔 만나면 제가 하드를 하나 사서 반씩 나누어주곤 했었거든요. 그 친구한테 갔지요. 그리고 100원을 빌렸어요. (웃음)"

그렇게 해서 그는 다시 집으로 갔다. 라면을 하도 먹어서 장에 탈이 난 터였다. '돌아온 탕아'를 맞이한 부모님의 안색이 어땠을지는 짐작으로도 충분하다.

"서울에 갈 때 어머니 허락만 받고 갔어요. 아버지는 저 음악 하는

신승훈

거 무척 싫어하셨거든요. 사실 누가 봐도 무모한 꿈이었죠. 대학도 아버지 명을 받아 음악의 음 자도 못 꺼내고 '착하게' 경영학과로 갔어요. 그런데 음악 하겠다고 갑자기 사라졌다가 장이 꼬여서 나타났으니……."

그 일을 계기로 그의 꿈은 잠시 접히는 듯했다. 그러나 그의 어설픈 서울살이가 결코 무모했던 것만은 아니었다. 한 음반 제작자가 그의 노래 테이프를 듣고 집으로 찾아온 것이다. 그 테이프에는 '미소 속에 비친 그대'가 담겨 있었다.

"비로소 가수가 되어 대중 앞에 섰을 때, 그때의 팬들을 잊을 수가 없어요. 너무 고맙게도 처음부터 내 노래를 좋아해 주었던 사람들이잖아요. 지금까지 제 음반을 사고 제 공연을 보러 오는 분들도 바로 그분들이에요."

팬들을 향한 그의 애정은 그에 대한 팬들의 애정을 뛰어넘는다. 이번 공연에서 그는 공연 시작 전에 불을 환히 켜 달라고 부탁을 했다. 그리고 객석이 조용해지기를 잠시 기다렸다. 말없이 객석을 둘러보던 그는 마이크를 들고 다시 말을 이어갔다.

"여러분이 너무 소중해서 얼굴을 자세히 보고 싶었어요. 그리고 마이크를 통해서가 아닌 순수한 저의 목소리로 인사하고 싶었어요."

그의 진심을 느낄 수 있었다. 아마도 관객 모두가 그러했을 것이다. 흔하디흔한 말, 연예인들이 외치는 '팬 여러분 사랑합니다'라는 인터뷰성 고정 엔딩멘트가 아닌, 그건 '진짜'였다.

"올림픽공원 야외무대에서 공연할 때의 일이에요. 비가 오더라구요. 무대에 서자 저 끝까지 꽉 찬 팬들이 하얀 우비를 입은 채 빗속에 앉아 있는 모습이 보였어요. 물론 무대 위에는 비를 피할 수 있는 지붕이 있었지만 전 너무나 감격하고 또 미안해서 지붕 밖으로 나왔어요. 팬들처럼 나 또한 비를 맞으며 노래해야 한다는 생각이 든 거죠. 그런데 팬들이 안 된다고…… 비 맞지 말라고 난리가 났어요. 그래서 저도 그럴 수 없다고…… 함께 비를 맞겠다고 우겼죠. 그랬더니 팬들이요, 우비의 모자를 벗는 거예요. 그러자 하얗게 보이던 관객들이 앞에서부터 차례차례 맨 끝까지 까맣게 변하는데, 그 모습을 지켜보는 제 마음이 얼마나 숙연했는지…… 그때의 감동은 정말이지 잊을 수가 없어요. 전 '사랑한다'는 말을 참 아끼는 편이에요. 그렇게 쉽게 말할 수 있는 감정이 아니잖아요. 그런데 그날 처음 말했어요. '여러분 사랑합니다'라고."

가슴이 울컥했다. 그날의 진심이 그의 목소리와 표정으로 고스란히 전해졌기 때문에, 그리고 '사랑합니다'라는 말은 쉽게 할 수 있는 말이 아니라는 그의 얘기가 가슴을 너무 아프게 했기 때문에.

"지금까지 발표한 곡의 70퍼센트가 이별의 아픔을 담은 곡이잖아요. 지금까지 혼자이신 이유는 사랑을 못해 봐서가 아니라 이별을 해서인 것 같아요."

"맞아요. 단 한 번의 사랑과 단 한 번의 이별을 했지요. '미소 속에 비친 그대' '보이지 않는 사랑' '처음 그 느낌처럼' '그 후로도 오랫동안'…… 그 외에도 거의 대부분의 노래가 모두 그때의 이야기를 담은 곡이에요. 너무 가슴 아프게 이별을 해서 그녀를 오랫동안 잊지 못했어요. 그래서 그녀에게 하고 싶은 이야기를 노래로 부른 거지요."

"그토록 그리웠다면 다시 만날 수도 있잖아요. 아니면 새로운 사랑을 할 수도 있구요. 사랑으로 인한 상처는 사랑으로밖에는 치유가 안 되잖아요."

"사랑하지만 다시 만날 수 없었어요. 그래서 그녀가 결혼할 때까지는 계속 내 마음을 노래하며 슬픔을 달래려고 했어요. 그러다 문득 내가 잘못하고 있다는 생각이 들었어요. 그녀는 내 노래를 들으면 무슨 얘긴지 다 알 거예요. 그녀는 나에게 아무 얘기도 할 수 없는데 그녀는 끊임없이 내 얘기를 듣는 거잖아요. 너무 마음이 아플 거라는 생각이 들었어요. 그래서 어느 날 새로운 곡을 썼지요. 나는 너를 잊겠다. 이제 나는 내 마음에서 너를 떠나보냈다. 그러니 이젠 너도 부디 자유롭기 바란다…… 그게 바로 '나보다 조금 더 높은 곳에 니가 있을 뿐'이에요."

그녀는 이제 결혼을 해서 잘 살고 있다고 한다. 이제는 그가 결혼해서 잘 살아야 하는데…… 아직도 그는 혼자다.

"이별만큼이나 새로운 사랑도 힘들지요? 심지어 지인들이 '신승훈 결혼시키기 프로젝트'까지 만들었는데도 여태 감감무소식인 걸 보면."

"스캔들이 없으니까 이미지 관리 잘 한다고 칭찬 아닌 칭찬을 해요. 근데 전 관리를 해서 그런 게 아니라 진짜 그럴 일이 한 번도 없어서, 저절로 관리가 된 거예요. 이제는 그냥 '여자친구'가 아니라 '아내'로서의 여자를 만나야 하잖아요. 더 어려워졌어요."

"도대체 뭐가 문제예요? 눈이 너무 높은가?"

"그게 아니구요. 휴우……. (한숨이 길다)"

그의 한숨이 긴 이유는 이렇다.

누군가 좋은 여자가 있다며 소개팅을 주선한다.

뻔히 알지만 그래도 혹시나, 하는 마음으로 자리에 나간다. 이윽고 여자가 등장한다.

승훈: 안녕하세요?

여자: 어머?

승훈: 처음 뵙겠…….

여자: 신승훈씨 아니세요?

승훈: 아, 네. 그렇긴 한데…….

여자: 어머 어머, 웬일이야. 오빠, 저 중학교 때부터 팬이었어요!

승훈: 아, 그러셨어요.

여자: (수선스런 분위기) 사인해 주세요.

종이 찾고 볼펜 찾고 사인하고. 그 사이 여자는 누군가에게 전화를 건다.

여자: 어우, 야. 신승훈씨한테 나, 사인 받았어. 어, 그래. 잠깐만.

여자가 그에게 휴대폰을 건네며 던지는 한마디,

여자: 제 친구두요, 열렬한 팬이에요!

그렇게 오늘도 역시나…… '여자'는 이성이 아닌 '동생'이 된다.

"상대방은 저를 이미 알고 저는 상대방을 모른다는 것, 그리고 상대방이 아는 나는 '가수 신승훈'이 전부라는 것. 그것이 문제예요. 어떤 여자 분이 저한테 처음 만난 날 '오빠는 너무 착한 것 같아요'라고 하더라구요. 그녀 역시 저의 팬이었고 그 입장에서 저를 착하다고 생각하는 거였어요. 그때 전 생각했죠. 자연인으로서 누군가와 사랑에 빠지는 일은 정말 힘들겠구나."

그가 어떤 사람인지 정확하게 알거나, 혹은 전혀 모르거나. 둘 중 하나여야 한다는 생각이 든다. 해외 교포도 그를 아는 이 마당에 '이성'의 범위는 극도로 좁아졌다.

"그럼 같은 일을 하는, 쉽게 말해 가까운 데서 찾아보지 그랬어요. 대외적인 이미지를 뛰어넘는 세세한 것까지도 잘 아는 아주 가까운 사람이요."

"지금 와서 생각하니 그게 제 실수였어요. 같은 일을 하는 사람은 절대 안 된다는 선을 그었거든요. 그래서 약간의 이성적 느낌이 와도 스스로 벽을 만들었어요. 친한 여자 후배들이 그래요. 어깨를 툭 치면서 '야, 밥 먹자!' 하는데 어떻게 로맨틱이 가능했겠냐는 거죠. 마음이 있었다가도 '오빠는 날 여자로 안 봐' 했대요."

이젠 나도 덩달아 한숨이 나왔다.

"집에서는 종용 안 하세요?"

"2남 3녀인데 위로 누나가 둘이고 제가 장남이에요. 저만 빼고 다 결혼했죠. 그래서 저희 부모님이 바쁘세요. 왜냐하면 손주들이 태어나잖아요. 애들이 너무 이뻐요. 큰누나가 둘째를 낳았는데 저랑 똑같이 생겼어요. 아버지가 한번은 그 녀석 사진을 들고서 승훈이 어릴 때 컬러사진이 있네, 하며 의아해 하시더라구요. 저희 때는 다 흑백사진이었잖아요. 그 정도로 그 아인 저랑 똑같이 생겨서 부모님이 정신을 온통 빼앗겼어요. 그렇게 몇 년 흐르다가 문득 제 걱정을 좀 하셨는데 때 맞춰 결혼한 동생이 또 조카를 낳으면서 다시 정신을 빼앗기셨죠. 위아래에서 도와주는 덕에 지금은 요리조리 잘 피해가고 있는데, 누구보다도 제 스스로 급해요. 전 진짜 결혼이 너무 하고 싶거든요."

신승훈

"공연한 날이 발렌타인데이여서 커플로 온 관객들이 좀 있었잖아요. 무지하게 질투하셔서 정말 외로운가 보다 싶더라구요. 그래도 나이가 나이인지라 주변에 결혼한 사람이 많으니까 결혼의 실상을 자주 접하실 텐데, 마냥 좋은 것만은 아닌 거 아시죠? (웃음)"

"물론 그렇겠죠. 생각지 못한 어려움이 있겠지만 음악적인 면에 있어서도 결혼은 절대적으로 필요해요. 결혼이란 걸 해봐야 진짜 삶이, 그리고 사랑이 담길 수 있다고 생각해요. 그리고 보다 더 폭넓은 창작을 할 수 있을 것 같구요. 개그맨 김용만씨가 결혼할 때, 제가 축가를 불렀는데 (그는 아마 결혼식의 축가를 부른 가수로서도 최다 기록을 세웠을 것이다) 원래 그 형이, 결혼하기 전에는 무척 수줍음을 많이 타는 분이었어요. 그런데 결혼하고 나서 얼마나 편해지고 넉넉해졌는지, '내가 한 가정의 가장이고 나에겐 소중한 아내와 자식이 있다!' 라는 사실만으로도 무궁무진한 힘이 솟아나는가 봐요. 저도 결혼을 하면 그때서야 비로소 제대로 음악을 할 수 있을 거라는 생각을 해요. 그러니 급하지 않을 수가 없죠."

가족이 있다는 것만으로도 세상의 전부를 얻은 셈이라고 생각하는 그다.

만약 그가 결혼한다면, 아마도 그에겐 음악에 있어서나 인생에 있어서나 지금까지보다도 더 놀라운 일이 벌어질지 모르겠다. 급하긴 하지만 아무래도 그의 결혼은 '바늘 위에 서서 바다 속의 진주를 찾는 일'

을 뛰어넘어 진주 중에서도 가장 좋은 진주를 찾는 일만큼이나 어려워 보이니 우선은 상상 속에서 자신의 미래를 펼쳐보는 수밖에.

"결혼하면 어떻게 살고 싶으세요?"

"제 아내는요, 아마 세상에서 가장 행복한 사람일 거예요. '내가 이 사람과 결혼해서 이렇게까지 행복해질 수 있구나' 하고 매일매일 쓰러지게 해줄 거예요. 아, 진짜 잘할 수 있는데…….'"

그의 환해지는 표정을 보며 이 세상에서 가장 행복해질 그녀가 아직은 자신의 미래를 모르고 있을 거란 생각에 안타까워진다. 그리고 결혼에 대하여, 누군가가 나를 행복하게 해줄 거라는 '기대'가 아닌, 자신이 누군가를 행복하게 해줄 거라는 '책임'으로 받아들이는 그가 어느 때보다도 아름다워 보인다.

새 앨범의 타이틀곡인 '그런 날이 오겠죠'라는 제목처럼 그에겐 분명 그런 날이 올 것이다.

그의 그녀에게도 그런 날이 온다면…….

땅을 밟고 사는 것이, 나무와 꽃들을 보고 사는 것이, 가끔은 맥주 한 캔 들고 앉아 바람을 쏘이는 것이, 강퍅한 도심을 딛고 사는 누구나의 바람이다보니 요즘 아파트들은 도미노처럼 연속하는 네모와 네모 사이 손바닥만한 땅일지라도 저마다의 진기한 놀이터를 꾸미게 되었다. 그곳에 앉아 있으면 때로는 공중의 어느 칸에서 곤두박질치는 부부싸움 소리에 소스라치기도 한다. 정말 '진기한' 노릇이다.

세월이 흐르면, 그 난초 같은 소나무 조형들도 절친한 선배가 사는 20년 된 아파트의 그들처럼 마음껏 굵어지고 울창해질 것이다.

그때는 7층 높이에서 싸우고 있는 그 집의 네모난 창도 푸르게 푸르게 채워질 것이다. 어느새 네모난 마음에 녹록하게 차오른 신승훈의 발라드처럼.

바 다 를 깊 는 소 나 무
송 강 호

송강호

그의 자료를 미리 검토하면서 나는
한 가지 '우스운' 사실을 발견했다.
많은 인터뷰어들이 '얼굴이 안 되는' 배우가
'어떻게 주연까지 오르게 되었을까?'를
끊임없이 묻고 있었다는 점이다.
'연기가 안 되는' 배우 지망생이 어떻게
시작부터 주연을 하게 되었는지를 물었던
인물 인터뷰를 나는 본 적이 없다.
그런 예가 참 많은데도 말이다.

비가 온다 했으나 나는 아랑곳하지 않았다. 바다는 결코 태양 때문에 아름다운 것이 아니기 때문이다. A4용지 만한 나의 우물을 싣고 떠나온 길, 출렁이는 길을 따라 어느새 서해다.

의외로 서해는 비가 오지 않았다. 섬에 들어섰을 때, 숙소로 가는 빠른 길과 가다 보면 숙소가 나오는 빠르지 않은 길 중에서 나는 망설임 없이 후자를 택했다. 태양은 중요하지 않았으나 와이퍼를 움직이지 않고도 거뜬히 바다를 달릴 수 있다는 것은 분명 행운이었다.

해안도로는 안개 속에서, 마치 나는 가만히 있고 바다가 지나가는 것처럼 친절했다.

나는 문득 좀 더 느리게 가고 싶어졌다. 항구에 잠시 차를 정박하자 올망졸망 집 나온 붉은 다라에서 걸핏하면 에누리 되는 푸른 바다 내음들이 호락호락 내게로 온다.

검정 비닐봉지에 그 중 몇 놈을 잡아넣고 나는 다시 얼마만큼 바다를 달렸다. 조수석 밑에 덤벙 놓인 검정 비닐봉지가 자꾸 내 마음을 달싹이게 하니, 이제 어쩔 수 없었다.

쉼표처럼 보이는 길을 따라 도로를 비켜서자 안개 속에서 어렴풋한 바다가 관념의 넓이를 뛰어넘어 하늘과 닿아 있었고 낭떠러지처럼 갯벌과 마주 선 언덕배기에서 검정 비닐봉지는 스르르 풀렸다.

멍게 한 점을 오물거리며, 토끼털처럼 사록사록 와 닿는 파도를 보며, 나는 숙소로 가는 길을 더욱 늦추었다. 그때 내 뒤에 서 있던 소나무. 마치 병풍처럼 서서 한결같이 묵묵한 표정이었던 소나무들이 이제야 생각난다. 그리고 A4용지 만한 나의 우물에서 소나무를 퍼 올리는 일이 사실은 그들로부터 시작된 일임을 이제야 깨닫는다.

매미 소리가 시끄러운 한여름, 시골학교. 수업을 마치는 종이 울리자 파란색 하복을 입은 까까머리 중학생 녀석들 서넛이 복도에 모인다. 그 중의 한 아이가 손짓 발짓을 넘어 심지어 액션까지 선보이며 아이들이 제일 싫어하는 선생님 흉내를 낸다. 그를 보는 친구들이 낄낄거리며 배를 잡고 복도를 구른다. 그때 수업을 시작하는 종이 울린다. 각자 반으로 흩어지며 한 친구가 그에게 던지는 한마디.

"야, 너 배우 해도 되겠다, 임마."

책상 앞에 앉은 그는 친구의 한마디를 되새겨 본다. 그의 파란색 하복 왼쪽 가슴에 '송강호' 라는 명찰이 달려 있다.

"그때부터 배우가 되고 싶다는 생각을 했어요. 제 고향이 김해인데, 아주 시골에 살았거든요. 거기서 무슨 문화 체험을 할 수 있는 것도 아니고…… 학교에서 친구들한테 그날그날 있었던 일들을 좀 실감나게 내지는, 좀더 재밌게 전하다 보니 어느 날부턴가 '너 배우 해도 되겠다' 는 말을 자주 듣게 됐어요. 그래서 그저 막연히 대학에 가면 연극영화과를 가야겠다, 그저 그렇게만 생각을 했지요."

그는 정말 연극영화과에 들어갔다. 하지만 원하던 대학은 아니었다.

"재수를 했어요. 삼수 하기 싫어서 일단 합격한 대학에 입학은 했는데 자꾸 마음이 잡히질 않는 거예요. 그래서 1년 만에 휴학을 하고 군대엘 갔지요."

제대를 하고 대학에 돌아가지 않았다. 대신 극단을 찾아다녔다.

"처음엔 이곳저곳 작은 극단을 다녀봤지요. 그러다가 1989년에 극단 '연우무대'가 공연한 '최선생'이라는 작품을 보게 되었어요. 그 작품을 보고 나서 짐을 꾸려 서울로 갔습니다. '연우무대'는 저와 철학이 통한다는 생각이 들었거든요."

'최선생'이라는 작품은 당시 참교육에 대한 사회적 시각을 다룬 작품이다. 그렇지만 그가 철학이 통한다고 생각한 이유는 '참교육'이라는 소재 자체에 있는 것은 아니다. 소재를 어떻게 전달하느냐, 그 방법론이 통했다는 얘기다.

"영화를 하면서 시나리오를 선택할 때도 그것은 마찬가지입니다. 같은 내용일지라도 어떻게 해석하고 어떤 방법으로 전달하느냐, 그래서 관객들에게 얼마만큼 신선하고 새롭게 다가가느냐가 저에겐 더 중요하거든요."

소재거리는 많지만 '예술'이라는 장르를 통해 제대로 전달할 수 있는 메시지는 드물다. '어떤 이야기인가'보다는 '어떻게 이야기하는가'가 더 중요한 것이 '예술'이기 때문이다.

그는 극단 '연우무대'를 통해 자신의 꿈을 일구기 시작했다. 물론 그 시작이 쉽지는 않았지만.

"처음에 보따리를 들고 찾아갔을 때 당시 극단장께서 하신 말씀이 기억나네요. '우리는 아무 일 없이 한 젊은이를 소모시키고 싶지 않다.' 물론 저를 받아들이지 않겠다는 답이어서 서운하긴 했지만 쓸데없이 부피만 키우는 극단이 아니라는 것을 확인하고 더 믿음이 갔어요. 그래서 터벅터벅 자취방으로 돌아와 그곳에서 내가 할 일이 생길 때까지 잠자코 기다렸지요."

그러던 어느 날 그는 한 통의 전화를 받았다. 극단장의 전화였다.

"와서 무대 뜯어라!"

그는 한걸음에 달려가 무대를 뜯었다. 그리고 그날부터 그는 무대를 뜯고 다시 세우고를, 허구헌날 되풀이했다.

"제가 힘은 좋아 보였나 봐요. (웃음) 연극은 연기뿐 아니라 그것을 하기 위한 모든 것을 배우가 함께 하거든요. 그러니 힘이 좋아야죠. 그때 제게 전화를 주신 극단장님이 누군지 아세요? '살인의 추억'의 두 번째 용의자랍니다!"

"두 번째 용의자라면…… 그, 그…… 빨간 레이스 팬티의…… 하하! 정말 깊은 인연이시네요. 그럼 '연우무대'에서 처음엔 힘만 쓰다가 진짜로 연기를 하게 된 건 언제예요?"

"1991년 '동승'이라는 작품이에요. 승려 도념의 친구 아버지 역할이었어요. 직업은 나무꾼. 어울렸겠죠? 도념과 친구처럼 지내는 마음 착한 나무꾼이었어요."

그때부터 그는 인생에서 가장 행복한 시간을 보냈다. 밥을 굶어도 행복했던 시절, 그저 무대에 서는 것만으로도 세상을 다 가졌던 너무도 행복한 시간들이었다.

"연극은 돈을 벌지 못하죠. 하지만 경제적 빈곤보다 더 견디기 어려운 건 정신적 빈곤이에요. 밥을 잘 먹는다 해도 채워지지 않는 정신적 빈곤을 무대에 설 때마다 한 숟가락씩 채우는 겁니다. 그걸 견뎌낸 사람들은 정서적 행복감을 누릴 수 있어요."

다른 아무것도 끼어들 수 없는 순수한 예술이 빚어질 수 있는 시기이자 모든 두려움과 의문으로부터 벗어나 가장 강력하게 자신을 드러낼 수 있는 시기. 그는 그 행복했던 시간을 2년간 누렸다.

"어느 날부터 아르바이트를 해야겠다는 생각이 들었어요. 그런 차원에서 처음 영화에 출연한 게 '돼지가 우물에 빠진 날'의, 딱 한 장면이에요. 그래서 그 영화를 제 데뷔작으로 말하긴 좀 그렇죠. 그보다는 '초록 물고기'가 제게는 영화배우로서의 길을 걷게 한 첫 작품이라고 생각됩니다."

'초록 물고기'는 명계남씨가 제작을 했다. 명계남씨는 당시 극단 '차이무'의 '비연소'라는 작품을 제작하기도 했는데 그 무대에 송강호가 있었던 것이다.

"전 한 번에 두 가지 일을 못하는 편이라 '초록 물고기'의 출연을 결정하고 잠시 연극을 접었어요. 그리고 촬영 내내 영화 연기에만 몰입을 했지요. 그때 참, 기분이 외줄타기하는 것 같더라구요."

연극 연기와 TV 연기, 그리고 스크린의 연기는 무척 다르다고 한다. 그래서 어느 한쪽에서는 소위 '대박'을 터뜨린 스타가 다른 한쪽에서는 실패하는 경우가 많다. 모든 연기자가 꿈꾸는 스크린 연기를 그는 '외줄타기'라고 표현했다. 조금이라도 균형을 잃으면 떨어지고 마는 외줄타기. 마치 사각의 링과도 같은 연극무대에서의 경험과 그의 타고난 배우로서의 관능적 감각을 통해 그는 마침내 두 발로 스크린이라는 외줄타기에 성공했다.

'초록 물고기'를 시작으로 '넘버 3' '조용한 가족' '쉬리' 등을 통해 그는 영화 연기라는 새로운 우물을 팠다. 그리고 1999년 '반칙왕'에서 첫 주연을 했다. 그 이후 '공동경비구역 JSA' '복수는 나의 것' 'YMCA 야구단', 관객 500만을 넘어선 '살인의 추억'에 이르기까지 끊임없이 샘물을 퍼올리고 있다. 그의 샘물은 과연 마르지 않을 것인가.

2003년 여름, 나는 재미있는 실험을 한번 하였다. 제40회 대종상 영화제 남우주연상 송강호! 최우수 작품상 '살인의 추억!' 과연 나의 점괘는 맞아떨어질까? 6월 20일 있었던 대종상 시상식을 하루 앞둔 19일 저녁, 나는 원고의 마감에 시달리며 쌀점을 치고 있었던 것이다. 100개의 쌀 중에 86.8개가 그의 편이었다. 만약 내 점괘가 맞는다면, 그것은 송강호라는 배우가 대종상을 받은 것이 아니라 대종상이 송강호라는 배우를 얻은 것이리라.

점괘는 기막히게 적중했다.

"한 네티즌이 '살인의 추억'을 본 소감을 단 한 줄로 표현했더군요. '우리가 그들을 보고 있었던 게 아니라 그들이 우리를 보고 있었다!'고. '살인의 추억'에 대한 많은 평이 있었지만 그 한 줄이 저에겐 가장 강렬하게 남습니다."

나는 그의 말을 듣는 순간 인터뷰를 위해 미리 보아두었던 유명 평론가들의 수려한 평론 문구들을 몽땅 잊어버리고 말았다.

영화 내내 나를 보고 있었던 시골 형사 박두만. 이제 그를 '송강호'라는 본연의 이름으로 마주하고 앉았다. 박두만에 비해 다소 살이 빠진 느낌.

"살 빼느라고 특별히 하는 거 있으세요?"

"우선 덜 먹는 거요. 밥 딱 반 공기만 먹지요. 그리고 권투요."

"권투를 하세요? 도장에 가서?"

"네, 권투를 한다기보다 권투를 하기 위한 기초 단계를 하는 중인데 진짜 힘들어요. 땀도 엄청 흘리고…… 살찌는 것도 힘들지만 살 빼는 건 더 힘드네요."

그가 야윈(?) 얼굴을 만지며 활짝 웃는다. 웃으니 눈이 다 감겨 버린다. 아직도 두 눈이 볼살에 밀리는 중이다. 살찐 그의 얼굴은 못 말리는 시골 형사 박두만에게 더없이 어울리는 모습이었다. 그러나 박두만이라는 인물의 진가는 그의 연기력이 아니었다면 그저 무능하고 형편없는 그 시대의 우울로 잊혀졌을 것이다. 첫 장면에서부터 스크린을 온통 누비고 다니며 127분간 내내 관객을 끌고 다닌 박두만에게 탄복하여 "영화 '살인의 추억' 송강호 애드리브 베스트 5" 라는 기사가 나기도 했었다.

그야말로 '살인' 적인 그의 연기는 어디서 나온 것일까.

"본능으로 연기합니다. 치밀한 인물 분석, 나름대로의 인물 설정…… 연기에 필요한 여타의 많은 준비작업이 있겠지만 저는 그보다는 제 스스로의 본능에 맡깁니다. 그렇기에 순간순간의 애드리브도 가능한 거지요."

'살인의 추억' 시나리오의 첫 장면은 원래 대사가 딱 한 줄이었다.

'지랄들 하네!'

그가 대본을 들고 현장에 도착했을 때, 그곳엔 '지랄들 하네!' 한마디로 채우기에는 너무나도 광활한 스크린이 펼쳐져 있었다.

"그래도 다른 배우들이 있으니까 각자의 역할들을 나누어서 연속적으로 보여주고 제가 어느 순간 그 대사 한마디를 던지면 되겠구나 생각했는데…… 스테디 캠이라고, 손에 들고 막 걸어다니면서 찍는 카메라가 있거든요. 그 카메라로, 한 방에 간다는 거예요. 그래서 어떡합니까. 쉬지 않고 떠들면서 마구 휘젓고 다녔죠. 감독에 의해 동선이 정해지면, 그 안에서 어떻게 움직일 것인가는 오로지 배우의 몫이거든요."

그렇게 해서 탄생된 그의 '애드리브 베스트 오브 더 베스트'가 바로 이거다.

"논두렁에 꿀 발라 놨냐. 올 때마다 논두렁에 콧구멍 처박게!"

영화의 3분의 2가 애드리브로 채워졌을 만큼 그의 연기는 한껏 물이 올랐다. 그러나 그 스스로는 그래도 아쉬운 부분이 있다.

"부적 펼쳐놓고 절하는 장면이 참 아쉬워요. 그때 열일곱 장의 부적을 준비했었어요. 그런데 어쩐지 자꾸 맘에 안 들게 되는 거예요. 왜 그럴까…… 뭐가 잘못됐나…… 다시 찍고 다시 찍고, 그걸 되풀이하다가 어느 순간 '앗 그거다!' 하고 감이 탁 오더라구요. 그래서 한 번만 더 찍자고 했죠. 그런데 연출부가 하는 말, '부적이 없어요.' 하필 열여덟 번째에 감을 잡다니……."

그래서 결국 스크린에 담긴 장면은 17번째 부적이었다고 한다. 그리고 맨 마지막 장면, 그의 두 눈이 클로즈업되는 엔딩 컷은 황금 들녘의 풍경을 앞선 장면과 같은 모습으로 담아야 했기 때문에 벼를 베기 전 촬영의 초반부에 미리 찍었다고 한다. 감정이 몰입되기 전이었던 것이다.

"촬영의 후반부로 가면 감정의 정점을 경험하게 되지요. 그 상태에서 나온 눈빛은 분명 다를 겁니다. 하지만 마을의 생계인 벼를 베는 시기를 늦출 수는 없었지요. 할 수 없이 감정의 가장 낮은 단계에서부터 가장 높은 단계까지 단계별로 여러 컷을 담았어요. 그 중의 최고치를 쓴 거지요."

나는 개인적으로 '살인의 추억'의 진정한 엔딩 컷은 '철길 신'이

바다를 걷는 소나무

라고 생각한다. 인간으로서의 극한을 드러내는 서울 형사와, 용의자에게 '밥은 먹고 다니냐'고 묻는 시골 형사, '터널'이라는 미궁 속으로 점점 더 멀어지는 마지막 용의자의 수갑을 찬 뒷모습, 달려오는 기차바퀴에 산산조각 나는 최첨단 과학수사의 증거……. 이토록 강렬하게 시선을 휘어잡으며 철학적인 메시지를 던지는 명장면을 나는 한국 영화에서 참으로 오랫만에 발견했다.

"원래는 그 대사가 아니었어요. '밥은 먹고 다니냐?'라는 대사 전에 사실은 '가라'라는 말을 생각하고 있었어요. 영화 내내 달려온 목표 지점이었기 때문에 그 한마디의 대사는 즉흥적인 애드리브가 아닌, 감독과 함께 심사숙고한 것이었지요. 그런데 봉준호 감독이 그러더라구요. 좋은데…… 뭔가 더 있을 것 같다구요. 그래서 고민 끝에 생각해 낸 것이 밥, 밥이었어요."

열 건에 이르는 화성연쇄살인사건은 대부분 공소시효가 끝났고 두 건만이 2년 여의 공소시효를 남겨두고 있다. 지금 이 순간에도 진범은 어딘가에서 공소시효가 끝나길 기다리며 인간의 가장 원초적이면서 평등한 권리인 '밥을 먹고' 다니는지, 아니면 인간의 극악을 드러내놓고도 밥이라는 걸 목에 넘기며 자신의 목숨만은 부지하고 다니는지 정말 궁금하다.

그를 만나기 위해, 관련된 자료를 미리 검토하면서 나는 한 가지 '우스운' 사실을 발견했다. 많은 인터뷰어들이 '얼굴이 안 되는' 배우가 '어떻게 주연까지 오르게 되었을까?'를 끊임없이 묻고 있었다는 점이다. '연기가 안 되는' 배우 지망생이 어떻게 시작부터 주연을 하게 되었는지를 물었던 인물 인터뷰를 나는 본 적이 없다. 그런 예가 참 많은데도 말이다.

그의 얼굴을 찬찬히 살펴보았다.

연기가 가려질 만큼 지나친 미남은 아니다. 편안하고 푸근해 보이지만 어딘가에 날카로움이 스며 있고 점잖고 넉넉해 보이지만 장난스럽고 귀엽기까지 한 '위트'가 엿보인다.

나의 지극히 주관적인 판단일지 모르겠으나 그는 '얼굴이 되는' 배우다. 다만 한 가지, '멜로'라는 장르를 생각해 본다면 그가 과연 그동안 보여주지 않은 ('못한'이 아니라 '않은'이라고 생각한다) 또 다른 매력을 어떻게 드러내 줄지 아직은 감을 잡기 힘들다. 혹시 그의 삶 속에서 로맨틱한 한 장면을 찾아낼 수 있지 않을까?

"스물세 살에 만났어요, 제 아내를요. 그때 전 군대를 막 제대하고 조그마한 극단에 들어가 꿈을 펼치기 위해 나름대로의 길을 모색하던 중인데 사물놀이 같은 우리 문화를 체험하는 한 대학 동아리에서 공연을 한다고 도움을 요청해 왔어요. 거기에 제 아내가 있었지요."

"그럼 첫눈에 반하신 거예요?"

"하하하."

쑥스러운지 대답 대신 크게 웃는다. 어머나! 크게 하하하하 웃으니 그의 눈이 아예 감겨 버린다.

"뭐, 첫눈에 반했다기보다는 그냥 느낌이 오갔지요. 그래서 한 1년쯤은 그렇게 느낌을 주고받으면서 친구처럼 지냈어요."

아마도 그들은 그 1년간 '우리 사귀는 거 맞아? 사귀는 거 맞지!'를 숱하게 되풀이했을 것이다.

"그럴 때 남자가 좀 확실하게 고백을 해야지 여자가 힘이 나는데…….1년 후엔 어떻게 하셨어요?"

"제가 서울로 갔죠."

"아, 연우무대요? 어머, 고백한 게 아니라 반대로 떠나셨네요."

"제가 연우무대에서 각고의 노력 끝에 첫 공연을 하게 되었잖아요. '동승'이라는 작품이요. 그 첫 공연 때 객석에 제 아내가 있었어요. 그걸로 된 거죠, 뭐. 하하하."

그렇게 두 사람은 7년간의 사랑을 쌓아 결혼을 했다. 그리고 지금, 그 두 사람은 여덟 살 된 아들과 네 살 된 딸을 두고 하루하루 소박하게 행복을 일구고 있다.

"이젠 스타가 되셔서 모처럼 아내가 활짝 웃으시겠어요?"

"그렇지도 않아요. 제 아내는 싫어도 무표정 좋아도 무표정, 감정을 잘 드러내지 않는 조용한 성격예요. 늘 그래왔듯이 쿨하게 받아들이지요. 오히려 가족과 함께 하는 시간이 줄어드니까 반드시 좋은 것만은 아닐 거예요. 안 그래도 제가 그리 다정다감한 편이 아닌데 얼굴

볼 시간까지 줄어드니 뭐 꼭 기쁘기만 하겠습니까?"

"그래도 예전에 연극하며 고생하던 거 생각하면 이제 와서는 옛날을 돌이켜보며 가끔 대화도 하고 그러지 않으세요?"

"우리가 둘 다 경상도거든요. 집이 진짜 조용해요. 다 마음으로 주고받는 거지요."

두 사람의 일상적인 대화는 주로 이렇다.

밤늦게 일을 마치고 돌아온 남편 : 애들은?
남편을 맞이하는 '조용한' 아내 : 자요.
피곤한 듯 침실로 향하는 남편 : 밥은 묵었나?
남편의 옷을 받아 옷장에 거는 아내 : 네.
이내 잠을 청하는 남편 : 그럼 됐네…….

바 다 를 밀 는 소 나 무

아내는 그가 '배우'라는 가시밭길에 첫발을 내딛는 순간부터 함께 해온 오랜 길동무다. 이제는 '말'이라는 수단으로 애써 표현하지 않아도, '귀'라는 구조를 통해 굳이 확인하지 않아도 서로의 마음에 닿을 수 있는 강물이 흐르고 있다. 그 강물에 이따금 그는 낙엽 한 장을 띄운다.

"옛날에 가진 것 하나 없이 늘 배가 고팠던 시절에 당신은 단 한 번도 내게 힘들다고 한 적 없지. 단 한 번도 나는 당신의 눈빛에서 근심을 읽은 적이 없어. 그때 기억나나? 나 연기 안 해도 된다고……. 나 하고 싶은 거 하겠다고 당신 배고프게 하고, 가족들 희생시키고……. 그렇게 살진 않을 거라고, 걱정하지 말라고 말야. 그때 내가 큰소리쳤잖아. 당신 마음 흔들릴까 봐 묻지도 않은 말에 내가 혼자 얼마나 많이 답을 했어. 지금 생각해도 진짜 고마웠지……. 참말로…… 고맙데이."

벌써 시간은 또 흘렀고, 뜻한 바대로 그는 효자동에서도 잘 살았다. 머리도 잘 깎았다. 아마 돈도 많이 벌었을 것이다. 연기는 이제 그에게 있어 더 이상 꿈이 아니다. 꿈을 향해 저어 가는 인생이라는 배의 돛이다. 자신의 꿈보다도 더 소중한, 사랑하는 사람들을 싣고 어느새 바다 한 가운데 다다른 그의 돛단배가 부디 풍랑 없이 반짝이는 햇살 아래 아름답게 항해하길 바란다.

안면도에 누워 안개를 덮고 이틀 밤을 뒤척이자 결국 비가 왔다. 쉬지 않고 쏟아졌다. 하루종일 내린 비는 꼼짝없이 나를 숙소에 가두었다. 그렇게 바다인지 하늘인지 모를 창을 걸고 하루가 다 가니 이른 새벽, 동이 트자, 솟아오르는 안개의 발치에 파도가 걸렸다. 안개는 바다를 끌고 하늘로 오를 참이었다. 뽀얀 노방 치맛자락이 커튼처럼 나부낀다.

묵묵하던 해송들이 상기한다. 병풍이 일시에 뒤꿈치를 든다.

아마도 그들은 하늘로 오르려 했을 것이다. 진작부터.

직립하는 휴머니티
김 승 현

김승현

방송사에서 불리는 그의 또 다른
별명이 하나 있는데 '5분 전'이
바로 그것이다. 몇 해 전, 갑작스런 눈사태로
온 도로가 마비되어 라디오 생방송이 있던
DJ들이 줄줄이 펑크를 냈던 일이 있다.
그때 나도 눈 속에 파묻혀 장장 9시간을
갇혀 있었고 방송은 당연히 펑크가 났다.
그런 날에도 그는 어김없이 5분 전 나타나,
청취자와의 약속을 지켰다.
그는 그런 사람이다.

김승현

세 군데나 초등학교를 옮겨 다녔으면서도 나는 남자 짝과 앉아본 적이 한 번도 없다. 남자반과 여자반이 따로 구분되어 있는 학교, 남자 줄과 여자 줄이 따로 구분되어 있는 학교, 그리고 마지막엔 틀림없는 남녀 짝 반이었음에도 불구하고 전학생으로서 배정받은 반이 불행히도 '여초'여서 결국 나는 남자 짝을 만나지 못했다. 그 다음에는 여중, 여고, 여대 순이다. 여대를 선택할 때, 사실 선택의 여지가 없기도 했지만, 남자 짝에 대한 마지막 가능성을 완전히 포기하게 한, 아니 버리게 한 이유가 있다. 여대는 학생회장이 여자다! '부'자가 붙지 않는, 확실한 '회장'이다. 학생회장이 되겠다는 야망이 있었던 건 결코 아니나, 최고의 여성이 최고의 대우를 받을 수 있다는 그 공정한 구조에 끌려 나는 여대의 교문을 망설임 없이 통과했다.

캠퍼스는 아름다웠다. 계단과 언덕이 유난히 많아 어디에서 사진을 찍어도 원근감이 살아났으며 지금은 '도로'가 되었지만 그때는 엄연한 '인도'였던 길과 길은 온통 나무로 둘러싸여 아늑했다. 가장 아름

다운 곳은 기찻길. 맨 첫 번째 길이자 맨 마지막 길
인 교문 안 다리 밑에 그 기찻길이 있었다. 첫사랑을
이루어 주려는 기차 꼬리가 용케도 자주 지나갔고
그 기찻길 밑에는 첫사랑처럼 곧 부서질 듯한 동네
가, 지나가지 않고 내내 버티고 있었다.

그 동네 안에 거의 다 부서진 집 하나가 밥집을 했
는데 궁금해서 한번 가보니 금방이라도 꼬부라질 듯
한 허리를 한 할머니가 자신의 방에 밥상을 차려 주
었다. 한 끼 1천 원짜리 밥을 친구들과 곱씹으며 깍
두기 하나에 할머니의 옹색한 자개농을, 싱거운 나
물 한 젓가락에 할머니의 숫자 큰 달력을, 미적지근
한 보리차 한 잔에 할머니의 보풀거리는 개나리 빛
스웨터를 목으로, 눈으로 울컥울컥 삼켰다. 밥집 옆
에 서 있던 전봇대는 피사의 사탑처럼 15도쯤 기울
어 있었지만 밥집 뒤에 서서 지붕을 덮을 만치 무성
했던 소나무는 언제나 꼿꼿했다.

동네는 부서졌고 기찻길은 끊겼고 다리도 없어졌으
나 소나무만은, 뽑혀서 장작이 되었다 할지라도 끝
까지 꼿꼿했을 것이다. 끝까지 푸른 잎을 펼치고서.

퀴즈 프로그램 '도전 추리특급'의 첫 녹화 현장, 오프닝을 위해 나는 내 자리에 서 있었다. 내 자리는 게스트에게 문제를 설명하기 위해 마련된 멀티비전 앞이었다. 그런데 갑자기 내 자리가 바뀌었다. 메인 MC인 김승현씨의 입김이 작용한 것이다. 무대 뒤편으로 자리가 바뀐 내게 그가 귓속말을 해왔다.

"공동 MC인데 같이 나가야지, 왜 따로 서 있어요?"

결국 그날 우리는 나란히 손을 잡고 뛰어나가 무대 중앙에서 함께 오프닝을 했다. 그게 벌써 12년 전 일이다. 그 몇 해 전, 방송을 시작하면서 태어나 처음으로 남자 짝을 만났었는데 그때 나는 남녀 짝이 그리 좋지만은 않다는 걸 깨닫고 크게 상심했었다. 내 의지나 노력과는 상관없이 내 이름 앞에 '부'나 다름없는 '보조'라는 말이 붙어 좀처럼 떨어지지 않았기 때문이다.

그렇기에 나는 그를 짝으로 만나게 되었던 프로그램 '도전 추리특급'을 잊지 못한다.

'있다, 없다 퀴즈'로 유명했던 '도전 추리특급'은 1992년에 시작해서 3년간, 한 번도 남녀 MC가 교체된 적 없이 진행된 프로그램이다. 지금은 분위기가 사뭇

김승현

달라졌지만 당시에는 남자 MC들이 주로 주도권을 쥐고 있었고 여자 MC들은 남자 MC 옆에서 '네, 네' 하며 시종 일관 장단을 맞추거나 상품 소개와 같은 보조 MC 역할을 떠맡는 것이 일반적이었다. 그래서 여자 MC들은 프로그램의 직접적인 진행 능력보다는 우선적으로 '꽃' 같이 예뻐야 했다. 그리고 이왕이면 '방금 피어난 꽃' 같이 앳되어야 했다.

그래서 당시엔, 남자 MC들은 굳건히 자리를 지켜도 그들의 파트너인 여자 MC들은 수시로 바뀌었다. 3년간 진행자가 한번도 교체된 적 없이, 두 진행자가 한번도 다툰 적 없이, 더구나 오락 프로그램으로서 3년을 지속했다는 것은 지금 돌이켜 생각해 봐도 참 놀라운 일이다. 거기엔 누구보다도 김승현, 그의 공이 가장 크다.

"저도 결코 잊지 못하는 프로그램 중의 하나가 바로 '도전 추리특급'이에요. 일명 '착각퀴즈'로 10년 무명의 설움을 벗고 유명세를 얻었지만 메인 진행이 아닌 고정 코너를 진행하는 선에서 만족해야 했거든요. 그런데 처음으로 명실상부한 메인 MC로서 이름을 걸고 프로그램을 맡은 거예요. 게다가 허수경씨랑 같이 진행을 한 첫 프로그램이잖아요. 덕분에 그 후에도 우린 늘 붙어 다녔죠. 지금도 전 어딜 가나 여자 파트너 1순위가 허수경씨예요."

그건 나도 마찬가지다. '도전 추리특급' 이후에 수많은 프로그램을 그와 함께 진행했고 기업행사와 같은 외부 프로그램에서도 그가 진행한다고 하면 나는 무조건 출연 OK였다. 물론 '잘 어울린다'는 시청자들의 평가가 주요한 역할을 했지만 그보다 먼저 나는, 그가 참 고마웠다.

그를 만나기 전에 진행했던 쇼 프로그램에서 여자 MC의 설움을 톡톡히 맛본 나는 또 한번 이름만 공동 MC이고 사실은 남자 MC가 혼자 오프닝을 하는, 그래서 나는 따로 보조석에 서서 그의 소개를 받아야 하는 참으로 모호한 입장에 봉착했다. 그런데 그가 프로듀서에게 '오프닝을 같이 하는 것이 마땅하다'고 주장을 한 덕분에 비로소 나는 분명한 나의 위치를 얻게 된 것이다.

뿐만 아니라 그는 매회 재미있는 오프닝거리를 생각해 내서 나로 하여금 재치 있게 받아 치는 요령까지 알려 주었다. 시청자들에게 '똑똑하고 상큼하다'는 이미지를 심어준 계기가 바로 그것이었다.

그리고 또 한 가지 잊을 수 없는 일이 있다. 남녀 MC의 출연료 차별 문제로 내가 어려움에 처했을 때 그가 큰 힘을 준 일이다. 당시의 남자 MC는 항상 여자 MC보다 출연료가 많았다. 당시 출연료의 중요한 기준은 '경력'이었는데 여자 MC들의 수명은 지극히 짧았던 터라 남자 MC들의 경력을 따라 잡기는 힘들었다. 그러나 경력의 문제가 아니더라도 남자들의 출연료는 항상 우위였다.

나는 단단히 한번 따지기로 마음먹었다. 두 사람의 인지도가 비슷

김승현

한 상황에서 그는 1991년 데뷔했고 나는 1989년 데뷔를 했으니 당연히 내가 우위여야 했다.

그런데 나는 항상 더 적은 출연료를 받았다. 이유는 '여자'였기 때문이다.

나는 프로듀서와 당당히 맞섰고 최소한 그의 출연료보다 내 출연료가 1천 원이라도 더 많아야 한다고 주장했다.

그 상황에서 보통의 남자 MC라면 무척 기분이 상했을 것이고 프로듀서 입장에서도 여자 MC를 교체하는 일은 시간 문제였을 것이다. 그때 그가 내 등을 툭툭 치며 했던 말이 생각난다.

"난 괜찮으니까 걱정 말고 밀어붙여. 허수경씨가 내 선배인 건 분명하잖아."

얼마 후 나는 그와 똑같은 출연료를 받게 되었다. 그는 그런 사람이다.

그는 방송 데뷔하기 전에 각종 행사를 통해서 보이지 않게 이름을 날리던 명사회자였다. 대학 축제 사회 최다 출연, 대기업 행사 최다 진행의 기록은 김제동씨가 등장한 지금까지도 깨지지 않고 있는 그만의 기록이다.

그가 방송에 출연하면서 화제를 불러 일으켰던 '착각퀴즈'도 실은 그의 무명 시절에 이미 검증되었던 막강한 무기 중의 하나였다. 그가 각종 행사에서 소위 대박을 터뜨렸던 무기를 하나씩 차례차례 꺼내

직립하는 휴머니티

는 것만으로도 아마 방송 10년은 너끈히 채웠을 것이다.

그러다 보니 그는 언제나 순발력 있고 재치 넘치며 어떤 게스트와 대면해도 결코 빈틈이 없는 '만만치 않은' 진행자로서 자리를 굳건히 다지게 되었다.

그것이 때로는 오히려 '비난'의 잣대가 되기도 했는데 언젠가 자신의 이미지가 본의 아니게 너무 얄미워진 것 같다고 걱정하던 그의 모습이 떠오른다. 그때 며칠을 고민하며 생각해낸 것이 바로 '큰바위 얼굴' 이라는 별명이다.

"톡톡 튀는 진행이 재미있기는 하지만 인간적인 따뜻함을 보여 주긴 어렵잖아요. 나름대로 저 따뜻한 사람인데……. 알죠? (웃음) 그걸 어떻게 표현해야 할까 고민하다가 제가 좀…… 크잖아요. (한참 웃음) 그래서 푸근하고 친근감 있는 별명을 만들어서 제 스스로 막 퍼뜨렸어요. 그 후엔 '큰 바위 얼굴' 이라고 사람들이 저를 놀릴 때마다 기분 좋게, 항상 당했죠."

재치를 핑퐁처럼 주고받는 상황이 되면 늘 위너였던 그가 '큰 바위 얼굴' 소리만 나오면 얼굴의 모든 면적이 다 빨개지며 그저 웃고 말았던 모습이 떠오른다. 그래선지 시청자들은 어디서든 나를 직접 만나면 묻곤 했다. "김승현씨 얼굴, 진짜 커요?"

그의 승승장구는 10년이나 계속되었다. 그가 한창 바쁠 때는 오토바이는 기본이고 앰불런스에 헬기까지 동원될 정도로 동에 번쩍 서에 번쩍 했다. 얼핏 생각하면 돈을 버느라 무리한 스케줄을 잡은 것이 아닌가 싶겠지만 사실을 알고 보면 그렇지가 않다.

"한번은 잠실 체조경기장에서 부산 순덕체육관까지 1시간 50분에 날아간 적이 있어요. 선착장에서 헬기를 타고 김포공항으로 가서 다시 비행기를 타고 부산에 당도한 거죠. 지금 생각하면 그게 어떻게 가능했는지, 그저 아찔할 뿐이에요. 그때 헬기 대여료가 꽤 비쌌어요. 그래서 행사의 사회를 보고 받은 출연료를 몽땅 헬기 대여료로 내기도 했죠. 몸도 고달프고 출연료도 남지 않았지만 그렇게까지 했어야 하는 이유는 '약속' 때문이었어요. 그 즈음 너무 바빠져서 결국 매니저를 두었는데 서로의 스케줄에 혼선이 생겼던 거예요. 몸이 두 쪽 나도 양쪽 모두와의 약속을 지켜야 한다는 일념으로 그렇게 무리를 했던 거죠. 저는 지금도 무엇보다 중요한 것이 약속을 지키는 일이라고 생각해요."

그는 약속은 반드시 지켜야 한다는 자신과의 약속을 지키는 사람이다. 방송사에서 불리는 그의 또 다른 별명이 하나 있는데 '5분 전'이 바로 그것이다. '5분 전'이라 함은 고개를 갸우뚱하고 다녀서 붙여진 것이 아니라, 그가 정확히 생방송 시작 5분 전에 뛰어 들어온다는 데서 생겨난 별명이다.

손숙씨에 이어 양희은씨와 함께, 10년을 호흡한 라디오 프로그램 '여성시대'는 그의 '5분 전'이 맹활약을 한 생방송이다.

그런데 참 신기한 것은, 비록 5분 전일지언정 단 한 번도 지각을 하거나 펑크를 낸 적이 없다는 것이다. 비가 오나 눈이 오나 반드시 5분 전에 그는 도착한다. 그래서 담당 프로듀서는 개편 때 새로운 프로듀서가 오게 되면 '김승현씨가 늦게 온다고 해서 불안해 하지 말 것, 그는 5분 전엔 분명히 나타남' 이라는 지침을 전달하는 것이 관례처럼 되었다고 한다.

몇 해 전, 갑작스런 눈사태로 온 도로가 마비되어 라디오 생방송이 있던 DJ들이 줄줄이 펑크를 냈던 일이 있다. 그때 나도 눈 속에 장장 9시간을 갇혀 있었고 방송은 당연히 펑크가 났다. 어떤 DJ는 아침 일찍 방송이 있었는데, 뒤에 이어질 프로그램들이 연이어 펑크가 나서 혼자 7시간을 진행하는 기록을 낳기도 했다.

그런 날에도 그는 어김없이 5분 전에 나타나, 청취자와의 약속을 지켰다. 그는 그런 사람이다.

요즈음 그는 매일 아침 SBS의 '김승현·정은아의 좋은 아침'을 진행하고 있다. 결코 앞서지 않고 게스트의 이야기는 물론 공동 진행자인 정은아씨의 이야기도 귀담아 듣고 있는 그의 모습을 보면서, 그는 역시 '그런 사람' 이라는 생각을 되뇌었다. 그리고 무엇보다 그의 모습을 TV에서 다시 볼 수 있게 되어서 너무 기뻤다. 물론 그 자신의 기쁨을 나와 비교할 수는 없으리라.

"마무리가 필요했어요. 생각지도 못한 일에 휘말리면서 제 의지와는 상관없이 브라운관을 떠나 있어야 했어요. 욕심이 더 있어서가 아니라 뭔가 깨끗하고 멋지게 마무리를 해야 한다는 생각이 들었죠. 그 동안에 쉬면서 겪었던 일들이, 좀 더 좋은 진행자가 되기 위한 과정이었나 봐요. 방송에 임하는 마음이 예전하고 많이 달라요."

한동안 온 방송사가 몸살을 앓았던 'PD 사태'는 전성기를 구가하던 그에게 큰 상처를 남겼다. 잠시 브라운관을 떠나야 했기 때문이다.

"아직 재판이 끝나지 않아서 제 입장에서만 말씀드릴 순 없지만 지난 1년 반 동안 겪은 고충은 정말 컸지요. 며칠 동안 가슴이 뜨거워서 아무것도 할 수 없는 이상한 증상에 시달리기도 했고 정확하게 파악되지 않은 사실들이 저도 모르는 사이 기사화되어서 아이들이 그걸 스크랩해 놓고는 조심스럽게 보여주기도 했죠. 그때마다 얼마나 괴로웠는지 몰라요. 특히나 제 아내는…… . 자신도 힘든데, 저한테 내색하지 않고 견뎌내는 모습을 지켜보자니…… 어떤 때는 정말 이렇게 끝이 나나 싶기도 했다가, 아니다, 그래도 힘을 내서 나의 참 모습을 보여 주어야 한다…… 다짐하기도 했다가…… . 정말이지 이루 다 말할 수 없는 어려움들이 있었지요. 그래도 어느 한 순간이 지나고 나니까 차츰 정신을 차리게 되고, 그러면서 드는 생각이 아, 내가 너무 승승장구해서 초심을 잃지 말라고 이런 일이 생겼나 보다, 하고 마음을 비우게 되더라구요. 지금은 마음이 훨씬 편해졌고 그 일 덕분에 내 곁에 어떤 사람이 있는지, 그 사람들이 왜 소중한지 가슴 깊이 깨닫게 됐어요."

직립하는 휴머니티

사람은 극한 상황에 놓이면 두 가지를 깨닫게 된다.

내 곁에 있는 사람들이 어떤 사람들인지, 그리고 나는 과연 어떤 사람이었는지.

"한창 바쁠 때는 가족과 대화는커녕 얼굴 보기도 어려웠을 텐데 참 많은 걸 느끼셨겠네요."

"아이들이 둘인데 모두 딸이에요. 그러다 보니 살가운 대화를 별로 못했었죠. 그래서 저보다는 엄마하고 더 친했어요. 그런데 그 일을 겪으면서 우리 아이들이 참 고맙더라구요. 큰아이는 지금 중3인데 감수성이 예민해서 저한테도 늘 조심해요. 혹시라도 제가 신경쓸까 봐 가급적 그 얘긴 꺼내질 않아요. 작은 애는 씩씩해요. 혹시라도 학교에서 친구들이 호기심으로 뭘 물어보면 말도 다 하기 전에 '우리 아빠가 뭐 어떤데!' 하면서 입을 탁 막는대요. 흔들리지 않고 학교 생활도 참 잘해 주었고 국비로 유학 갈 기회가 생겨서 시험을 봤는데 붙었더라구요. 그런데 안 가겠대요. 아무리 생각해도 엄마 아빠하고 같이 사는 게 행복할 것 같다고 유학을 포기하더라구요. 그런 것들이 그냥 너무 고맙고 기특하고 그래요. 그래서 이젠 좀 표현을 하고 살아야지 생각하는데 아직도 쉽지는 않네요."

"가만 생각해 보니 부인 입장에서 정말 힘드셨겠네요. 자신의 고충은 기본이고 아이들도 세심하게 챙겨야 하고 남편에게도 끊임없이 힘을 주어야 하고."

김승현

"맞아요. 예전에 내가 참 무심했었구나, 많이 반성했어요. 아이들의 엄마라는 자리, 그리고 아내라는 자리의 위대함을 새삼 깨달았죠. 부부가 왜 소중한지 이제 알 것 같아요."

"부부금슬이 너무 좋아져서 늦둥이라도 낳으시는 건 아닌가 몰라요. (웃음)"

"아니오, 절대! 늦둥이? 전 반댑니다."

지나가는 말에 정색을 하고 소리를 높이니 갑자기 궁금해진다. 늦둥이를 낳는 부부가 꽤 많은 요즘, 그는 왜 절대 안 된다고 항변하는 것일까?

"제가 막내잖아요. 4남 1녀인데 아버지는 제가 중학교 다닐 때 돌아가셨고 어머니는 제가 군대 갔을 때 돌아가셨어요. 일등병 달 때쯤 외박을 나갔다가 병상에 누워 계시는 어머니를 봤어요. 그날따라 이상하게요, 제가 군대 있는 동안 치렀던 회갑 잔치 때의 녹음 테이프를 틀어 놓고 저한테 자꾸 들어 보라고 하시는 거예요. 마음이 이상했지만 큰일은 없을 거라고 생각하며 복귀를 했는데, 며칠 후 갑자기 어머니가 위급하다는 소식을 들었어요. 그래서 당장 병원으로 달려갔죠. 그런데 중환자실에 계셔서 면회가 안 되더라구요. 하는 수 없이 돌아서다가 형들이 의사와 나누는 얘기를 듣게 됐어요. 의사는 어머니가 너무 안 좋은 상황이라고 말하고, 형들은 정 손을 쓸 수 없다면 병원에서 돌아가시게 할 수는 없다, 집으로 모셔가겠다, 하고…… 정말 하늘이 무너지는 심정이었죠. 그리고 일병 달기 이틀 전 날, 부대로 다시 전화가 왔어요. 어머니를 집으로 모셔가고 있다구요. 아, 그때의 심정이란……. 외출 허가고 뭐고 없이 무작정 집으로 달려갔는데 어머니보다 제가 먼저 도착했더라구요. 빈 집에 문을 열고 어머니 방에 들어서는데 단정하게 깔아놓은 어머니의 이부자리를 보고 얼마나 울었는지 몰라요. 그 자리에 어머니를 눕혀 드리고 산소호흡기를 떼자 숨을 한 번 휴우 내쉬시더니 이내 돌아가셨어요. 그때의 슬픔은 이루 다 표현이 안 돼요. 어머니가 마흔에 저를 낳으셨어요. 늦둥이는요, 부모님과 함께 살 수 있는 시간이 너무 짧아요. 그래서 너무 서러워요."

"그간에 어머니 생각 많이 나셨겠네요."

"그럼요. 다 컸다고 생각해도 힘들 때 엄마가 없다는 사실은 참 견디기 힘들어요. 원래 저희 부모님 고향이 이북이신데, 2000년에 제가 '남북평화친선음악회' 사회를 맡아서 평양에 갔었잖아요. 평양 순환 공항 바로 근처가 저희 어머니 고향이세요. 그래서 서울로 돌아올 때 부탁에 부탁을 거듭해서 그 곳의 흙을 한줌 얻어 왔어요. 그 흙을 어머니 산소에 뿌려드렸어요. 어머니한테 제가 번 돈으로 밥 한 끼도 사드리지 못했는데 효도라고 한 게 그토록 소망하시던 고향 땅의 흙 한줌 산소에 뿌려드린 거, 그게 전부네요."

그는 원래 4남 2녀 중 막내다. 그런데 4남 1녀라고 말한 데는 나름의 아픈 사연이 있어서다.

그의 부모님의 고향이 이북이었던 만큼 늦게 태어난 그를 제외하고 나머지 식구들은 모두 피난을 경험했다.

그 가운데 누나 한 분은 평양에서 대전에 이르는 기나긴 피난길에서 그만 놓치고 말았다. 그런데 최근에 그 누나가 아직도 이북에 생존해 계심을 확인했다고 한다. 알면 알수록 그는 참으로 깊은 인생을 사는 사람이다.

살면서 어려움에 처하면 주변에 떠나는 사람이 있고 반대로 더 가까이 다가오는 사람이 있다. 아마도 그래서 인생의 숱한 어려움을 겪고 눈을 감을 때에 진정한 친구가 단 한 사람이라도 있으면 그 사람의 인생은 성공한 것이라고 말하는지도 모르겠다. 그는 과연 지난 일을 통해 진정한 친구를 몇이나 얻었을까.

"생각하면 매 순간 가슴이 뭉클해지는 사람들이 있지요. 재판을 대전에서 했어요. 절친한 고향 후배가 회사를 하나 차렸다고 주식을 준 것이 화근이 되어 일어난 문제다 보니 제 고향 대전에서 재판을 받게 된 거죠. 재판이 열릴 때마다 대전까지 한걸음에 달려와 저를 격려해 준 친구들이 있어요. 박상원, 차인표, 정준호……. 아, 정말 좋은 친구들이에요."

말을 끝내자마자 누군가가 생각난 듯 단박에 전화를 건다.

전화를 받은 이는 박상원씨였다. 자신의 친구들에게 나를 소개하고 싶다며 짤막한 수다 끝에 나를 바꿔 준다. 얼떨결에 전화를 받은 나

직립하는 휴머니티

는 박상원씨와 인사를 주고받으며 괜히 고맙고, 그리고 미안했다. 나는 그를 위해 한 번도 대전으로 날아간 적이 없음이 문득 떠올랐기 때문이다.

그저 마음속으로 참 이상하다고만 생각했었다. 주식을 받은 대가로 무슨 기계를 방송에 출연시켰다고 하는데, 프로듀서가 그랬다면 몰라도 MC가 마음대로 방송에 쓰이는 소품을 결정할 수는 없다는 걸 아는 나로서는 도무지 납득이 되지 않았기 때문이다. 그에 관해 어찌된 일이냐고 물었지만 그는 재판이 끝나면 그 결과가 답이 될 것이라며 말을 아꼈다.

사랑은 동사이고 마음은 표현해야 전달되는 법인데 자꾸 캐묻기만 하는 것 같아서 그 얘기는 그만 접기로 했다. 그래도 그의 곁에 '그런 사람들'이 늘 함께 있다니 한결 마음이 놓인다.

"어쨌든 TV 활동을 다시 시작해서 얼마나 다행인지 몰라요. 대신에 10년이나 진행한 라디오를 그만두게 되었으니 섭섭한 마음도 없잖아 있으시겠어요."

"두 프로그램 모두를 하고 싶었지만 그건 불가능한 일이었어요. 라디오에 선처를 구했지만 결국 둘 중 하나를 선택하게 되었지요. '여성시대'는 제가 가장 애착이 컸던 프로그램이에요. 그래서 많이 서운하죠."

'여성시대'에 대한 그의 애착은 나도 익히 알고 있다. 이미 그 전

김승현

에도 아침 토크쇼의 제의를 여러 번 받은 바 있는 그이지만 그때마다 거절을 했다. 이유는 오로지 하나, '여성시대'와 같은 시간대에 나가는 다른 프로그램은 절대 하지 않겠다는 게 이유였다. 그래도 제의가 끊이지 않자, 대안을 내놓기를 '여성시대를 10년쯤 하게 되면 그때는 한번 생각해 보겠다' 였다. 그리고 그가 위기를 맞이했을 때 라디오만큼은 그를 믿어 주었기에 그의 애착은 더욱 커질 수밖에 없었다.

그런데 이렇게 결단을 내려야 하는 상황이 올 줄 누가 알았겠는가.

요즘은 아침 방송도 예전처럼 생방송을 하지 않고 녹화방송을 하기 때문에 병행하는 것이 가능하지만, 양측의 팽팽한 줄다리기가 계속되자 그도 그만 손을 들고 말았다. 하지만 나는 믿는다. 그는 브라운관으로의 복귀를 '마무리' 라고 표현했으나 또 다른 시작이 될 것임을. 얼마간의 시간이 흐르면 그는 또 다시 라디오 스튜디오에서 '5분 전'으로 명성을 날릴지도 모를 일이다.

"방송에 임하는 마음이 예전하고 많이 다르다는 걸, 어떤 때 느끼세요?"

"어떻게 재치를 발휘할까보다는 출연자들의 얘기에 더 귀를 기울이는 모습을 스스로 발견할 때죠. 정은아씨는 워낙 '좋은 아침' 의 진행에 숙련되어 있어서 제가 굳이 나서지 않아도 자연스런 흐름이 있어요. 그래서 편안하게 모든 이야기에 귀를 기울일 수가 있더라구요. 그러다 보면 말을 유창하게 하지 못하는 출연자라도 어떤 얘기를 하고 싶

직립하는 휴머니티

어 하는 건지 바로 알 수 있지요. 그럴 때 저는 출연자가 하고 싶어 하는 이야기를 정해진 시간 안에 요령껏 모두 말할 수 있도록 도와주는 겁니다. 출연자 입장에서 하기 싫어하는 이야기를 억지로 하게끔 만들고 싶지 않아요. 단순한 궁금증이나 호기심을 채우기 위해서 시시콜콜한 개인적인 이야기를 본인의 기분과 상관없이 파헤치는 건 건강한 방송에 별로 도움이 된다고 생각하지 않거든요. 그보다는 삶에 조금이라도 보탬이 되거나 기분이 유쾌해지거나 마음이 훈훈해지는 이야기를 더 많이 끌어내고 싶어요."

김승현

나는 토크 프로그램의 프로듀서나 작가, 혹은 진행자와의 친분으로 몇 번의 억지 출연을 한 경험이 있다. 심지어 작가가 집까지 찾아와 통사정을 해서 몇 가지 이야기를 정해 놓고 그 이상은 안 한다는 조건으로 출연을 결정하기도 했었다.

그 결과 지금은 절대 토크쇼에 안 나간다. 하고 싶은 얘기보다는 하기 싫은 얘기를 더 많이 하기 때문이다.

토크쇼란, 휴머니티가 물씬 풍기는 진지한 분위기여야 한다고 나는 생각한다. 그래서 TV에 관한 한 나는 향수에 곧잘 젖는다. 요즈음은 출연자가 그저 소품일 뿐, 내가 출연함으로 인해서 낭비한 전파까지 포함해 남는 것 하나 없는 에너지 소모가 너무 지나치다. 전 방송사가 아침 토크쇼를 하고 있는 지금, 우리의 아침이 정말 좋은 아침이 되었으면 좋겠다.

어려움을 겪고 나야 인생을 안다는 말이 있듯이 인생을 알아야 다른 사람의 인생도 볼 줄 아는 안목이 생긴다. 그렇기에 그가 자신의 인생에 있어서 새로운 아침을 맞이한 것처럼 시청자들에게도 그 신선한 공기를 불어넣어 줄 것을 나는 믿고 기대한다.

그의 아내는, 허리가 휠 듯한 무명시절을 버티며 끝끝내 쟁취한 그의 첫사랑이다. 아무도 모르는 그의 결혼식장에 얼마나 많은 유명인이 참석했었는지, 지인들 사이에서는 지금까지도 두고두고 회자될 정도로 대단한 결혼식이었다. 한바탕 회오리가 지나가긴 했으나 여전히 꼿꼿하게 가정과 일을 지키는 그가 너무 자랑스럽다. 뽑혀서 장작이 될리 만무한 그가 또 다시 내 옆에 서서 푸른 날개를 펼쳐 줄 날이 또 오긴하는 걸까.

직립하는 휴머니티

내면의 아름드리 놀이터

이경규

이 경 규

그는 웃기는 사람이지만 별로 웃는 사람이
아니다. 또 잘 우는 사람도 아니다. 그저
어떤 일이 잘 되면, '음, 잘 되는가 보다'
하고 어떤 일이 잘 안 되면 '음, 잘 안될 수도
있지' 하는 게 그이다. 개그 콘테스트에
입상을 했으나 웃지도 않았고 곧바로 화려한
성공을 안겨다 주지 않았으나 울지 않았다.
배고프고 또 다시 자존심은 구겨져 갔지만
그것도 '음, 일이 잘 안 되고 있구나' 하고
생각할 뿐이었다.

여행을 할 때 나는 우선 목표를 정한다. 보고 느끼며 경험하는 여행을 할 것인가, 생각하며 쉬는 여행을 할 것인가, 느끼기도 하고 생각하기도 하며 생동하는 여행을 할 것인가. 그 목표에 따라 여행의 과정은 사뭇 달라진다.

보고 느끼는 것이 목표라면 간소한 짐에 최소한의 경비로 최대한의 범위를 돌아다닌다. 그럴 때 숙소는 그저 눈을 잠깐 붙이는 것이 유일한 목적이 된다. 생각하며 쉬기 위해서는 필요할 만한 짐은 하나도 빼놓지 않음은 물론, 만약을 대비한 드레시한 원피스나 화장품, 평소에 잘 읽지 않는 두꺼운 책, 그리고 빈 가방 하나를 더 챙긴다.

빈 가방은 내가 열광하는 예쁜 그릇이나 아무리 참으려 해도 여지없이 마음을 빼앗기는 아름다운 구두를 혹시라도 만났을 때를 대비한 일종의 여분이다. 그럴 때 숙소는 단연 별 다섯 개의 특급 호텔이다. 그래서 한 번 쉬면 그 다음엔 허리가 휘도록 일해야 한다.

얼마 전에는 '느낌'과 '생각'이 공존하는, 생동하는

이경규

여행을 했다. 하나의 가방과, 드레스나 화장품 대신 각종 소스와 갖은 양념을, 평소에는 잘 듣지 못하는 낡은 음악을, 혹시라도 필요할지 모르는, 내가 열광하는 프라이팬과 그게 없으면 도저히 안 되는, 아끼는 식도를 또 다른 가방 하나에 완전히 채우고 떠났다. 숙소는 잠자는 것과 잘 차려 먹는 것을 동시에 할 수 있는, 그러나 별 다섯 개의 '오션 뷰' 대신 무수한 별들이 쏟아지는 '소나무 숲 프런트 뷰'의 특별한 펜션. 함께 생동할 수 있다고 믿어지는 지인 몇과 어울려 그곳에서 사흘을 지냈다.

매일 아침, 소나무 숲을 마주하고 차린 식탁. 각종 소스와 갖은 양념이 깔깔거리며 목젖을 통과하고 소나무 숲의 선두에 선 우람한 소나무를 향해 릴레이하듯 뛰어가 사진 한 장씩 높이 들어 건배를 했다.

허브처럼 맨 마지막에 뿌려지는 솔잎 향기…… 그 은밀한 향을 맡으며 나는 함께하고 있는 사람들의 내면을 두드렸다. 서로 다른 생김새이나 본질은 같은 여럿이 모여, 각자 혹은 같이 생동하는 소나무 숲이 거울처럼 어느새 식탁에 들어와 앉는다.

그가 요즘 '간첩'을 잡으러 다닌다고 한다. 안 그래도 '웃기는 사람'인데 간첩을 잡으러 다닌다고 하니 정말 웃음이 났다. '몰래 카메라'를 들고 몰래 나타날지, '이경규가 간다!' 하고 갑자기 들이닥칠지, '대단한 도전'을 한다며 낙하산을 타고 나타날지, 아니면 일곱 살짜리 어린이에게 귓속말로 '간첩'이 뭐냐고 물어보고 나에게 퀴즈를 낼지……. 흥미진진하게 나는 그의 등장을 기다렸다.

그런데, 오렌지 색의 물방울 무늬가 땡땡땡땡 박힌 셔츠에 오렌지 색 카디건을 입고 오렌지 색보다 더 환하게 웃으며 그가 나타났다. 앗, '간첩'을 잡기엔 너무 튀는 복장이다!

"사진 찍는데 옷이 없다고 하니까 마누라가 새로 사왔더라구요, 아주 세트로!"

"와. 진짜, 화사~~~하시네요."

"그래요? 진짜? 나는 몰라요. 그냥 사다 주면 입는 거지."

그의 말투나 억양, 손을 입 앞에서 막 흔들어 대는 습관까지 방송과 너무 똑같아서 나는 마치 그의 프로그램에 게스트로 출연한 듯한 착각이 들었다. 다만 장소가 달랐다. 아는 사람끼리는 다 알지만 나처럼 모르는 사람은 전혀 몰랐던, 그가 운영하는 식당이 우리가 만난 장소였다. 식당 이름이 '동방견문록'이어서 중국요리집이라고 어림짐작하고 점심은 자장면이구나, 예감했었는데 가서 보니 고기집이었다. 식당이 미로처럼 방대하게 이어지고 인테리어도 훌륭했다. 게다가 규

모를 2층으로 확장하려고 위층엔 공사 중이기까지 해서 언제 이렇게 큰 사업을 벌였나 놀랍기까지 했다.

"가까운 사람들 아니면 별로 얘기를 안 해서 잘 모르는 사람들이 많은데요, 개업한 지는 꽤 됐어요. 혼자 하는 건 아니고 일부 지분을 가지고 있는 건데, 경영을 제가 직접 한다는 게 좀 특이하죠."

"'일요일 일요일 밤에' '전파견문록' '이경규의 굿타임……' 방송 스케줄도 만만치 않을 텐데 어떻게 이런 큰 식당의 경영을 직접 하세요?"

"방송 스케줄이…… '만만' 하죠. (웃음) 두 프로그램은 오전, 오후로 나누어서 하루에 해결하고, 나머지 한 프로그램은 격주로 한 달에 두 번 녹화해요. 물론 일 하는 날은 아침부터 새벽까지 죽어 나지만 그 이외의 시간은 충분히 내것이 되는 거죠. 그래서 사실은 저, 시간 많아요."

그러나 결국은 그는 시간이 없는 셈이다. 녹화 스케줄을 제외한 나머지 시간 동안 식당 경영과 골프, 그리고 또 하나의 중요한 일인 '간첩 잡기'를 한다.

"'복수혈전' 이요, 망했었잖아요. (웃음)"

"그랬죠. 근데요, 사실은 망한 것도 아니에요. 내 돈을 들여 만들어서 출혈이 아주 없진 않았지만 관객도 꽤 들었고, 특히 스코어에는 다 안 나타나도 지방에서는 흥행도 했어요. 그래서 나름대로 크게 손

내 면의 아름드리 놀이터

해는 안 봤어요. 그런데 방송에서 웃기려고 주변 친구나 후배들이 '망했다 망했다' 자꾸 하니까 저도 같이 '망했다' 하며 웃게 된 거예요."

"그래도 어쨌든 이미지는 '망했다' 잖아요. (웃음) 그런데 또 하세요?"

"네."

그는 작년부터 새로운 영화의 시나리오 작업을 해 왔다. 새로운 영화의 제목은 '간첩'. 영어로는 '스파이'다.

"'간첩'이라고 하면 기존에 나왔던 '간첩' 영화의 내용이 많이 떠오르고 우리가 기본적으로 가지고 있는 이미지가 있잖아요. 그런데 그런 것과는 전혀 다른 개념의 이야기예요. 그래서 제목을 '스파이'로 정했어요."

"'스파이'라는 제목만 딱 보면 액션 스릴러쯤 될 것 같은데……'감독님'을 매치시키면 '코믹액션스릴러'가 되겠네요."

"그렇게 장르를 딱 꼬집어 말할 수가 없어요. 여러 가지가 복합적으로 담겨 있어요. 북한에서 남파간첩을 양성하는 학교가 있는데 우리 초등학교처럼 6년제예요. 과목별로 남한의 문화를 치밀하게 교육 받고 그 안에서는 남한 말만 써야 돼요. 그리고 그 학교에 가면 서울 도심의 어느 길을 그대로 만들어 놓은 실전학습장이 있지요. 관공서, 택시, 다방, 술집까지 없는 게 없어요. 이쯤만 들어도 그 안에서 얼마나 많은 해프닝이 있을지 짐작이 가죠?"

"네, 어머. 너무 재밌겠다."

"거봐요, 말로 하면 진짜 재밌거든요. 그런데 글로 쓰면 말처럼 재밌지가 않아요. 시나리오를 열네 번이나 수정했는데 아직도 흡족하지가 않아요. 배우한테 시나리오를 갖다 줘도 자기 역할만 읽어 보니 무슨 얘긴지 잘 모르겠나 봐요. 주연 섭외하기가 진짜 어려워요."

그의 두 번째 영화 '스파이'는 '스파이'인 두 사람의 남파간첩이 주인공이다. '복수혈전'과 '코미디언'이라는 선입견이 중첩된, 감독으로서의 그의 이미지는 주연을 맡을 배우들에게 큰 부담이 된다. 그래서 그는 시나리오에 친필 편지를 동봉해 간절히 부탁을 해 보기도 했다. 그러나 결과는 '실패'였다.

"편지 딱 한 번 보내 보고, 그 방법으로 되는 게 아니구나 절감하고 다신 편지 안 썼어요. 오늘도 조금 있다가 배우 한 사람을 만나기로 했는데, 아주 미치겠어요."

또 한 번 그가 손을 입 앞에 올리더니 막 흔든다. 급하거나 답답할 때 나오는 습관인가 보다.

"만약에 이번 영화도 안 되면 어떻게 해요?"

"상관없어요. 그냥 내가 좋아서 하는 일인데요, 뭐. 기본적으로는 무슨 일을 벌일 때는 어느 정도 된다는 확신으로 하니까 그 이상의 성과가 안 나온다고 해서 실패라고 할 수는 없죠. 물론 그 이하이면 실패겠지만 그럴 거다 생각하면 아예 안 하죠."

"댁에서는요, 아내는 뭐라고 하세요?"

"신경 안 써요. 요즘은 내 돈만 가지고 영화를 만드는 시대는 아니니까, 크게 경제적 손실만 일으키지 않으면 괜찮다고 생각해요."

"잘 몰랐는데, 영화에 대한 애정이 못 말리는 단계인가 봐요."

"못 말리죠. 지금, '스파이'가 중요한 게 아니구요, 그게 결과가 어떻든 중요한 건 내년이에요. 한번 보세요. 제가요, 내년에 '복수혈전 2'를 만듭니다. 반드시!"

그의 영화에 대한 못 말리는 애정은 초등학교 시절로 거슬러 올라간다. 당시 부산역 근처에 살았던 그는 아버지를 따라 학교 가듯이 극장엘 갔단다. 미군부대에 다니던 아버지는 영화를 상당히 좋아하고 주로 액션물을 많이 보셨다고 한다. 보호자를 동반하여 '합법적'으로 영화 관람을 하던 그는 학교에 가면 교실을 무대로 온갖 액션을 다 취하며 주인공이 되었고, 물론 친구들은 조연으로 써 먹었다.

특히 '장풍'을 연기할 때는 손바닥을 앞으로 쭉 뻗어 진짜 장풍이 나가는 것처럼 부르르 떠는 연기도 리얼했지만 장풍에 맞아 뒤로 휘리릭 날아가는 친구들의 연기가 더 압권이었다. 그가 지금까지의 인생에서 가장 친하게 지낸 인물 중의 하나가 이소룡이다. 물론 이소룡의 입장은 다르겠지만.

영화에 대한 그의 꿈이나, 방송에 대한 꿈이나, 그 모든 것은 그의 의지대로 진행되어 왔다. 아버지가 미군부대에 다니시면서 자식을 가

르치는 방식이 매우 '쿨' 했었기 때문이다. 물론 자신의 꿈을 펼쳐 나가는 길 또한 아버지처럼 '쿨' 했던 것은 아니다. 대학을 다니면서 '학교에서 웃긴다' 는 재주로, 방송국에서 일하는 친구가 프로듀서를 소개해준 적이 있었지만 프로듀서와 단 둘이 마주앉아 '웃겨 봐' 를 실연한다는 것은 쉽지 않았다. 결국 정말 우스운 꼴이 되어 쓴맛을 보기도 했다. 그러다가 1981년 다시 기회가 왔다.

"개그 콘테스트가 있더라구요. 제가 원래 뭔가가 잘 안 됐다고 해서 의기소침하는 편이 아닌데 나도 모르는 자존심 같은 게 있었나 봐요. 꼭 뭐가 되어야지, 하는 것보다는 예전에 구겨진 자존심을 회복해 보자, 하는 생각으로 콘테스트에 나갔어요. 거기서 아마 장려상을 받았나 그래요."

그는 웃기는 사람이지만 별로 웃는 사람이 아니다. 그리고 또 잘 우는 사람도 아니다. 그저 어떤 일이 잘 되면, '음, 잘 되는가 보다' 하고 어떤 일이 잘 안 되면 '음, 잘 안될 수도 있지' 하는 게 그이다. 개그 콘테스트에 입상을 했으나 웃지도 않았고 입상의 경력이 곧바로 화려한 성공을 안겨다 주지 않았으나 울지 않았다. 배고프고 또 다시 자존심은 구겨져 갔지만 그것도 '음, 일이 잘 안 되고 있구나' 하고 생각할 뿐이었다.

"안 되고 있을 때 왜 어려움이 없겠어요. 무척 고생했겠죠. 그런데 그건 다 그런 거 아닌가요? 저는 별로 힘들어 죽겠다, 하면서 괴로워한 기억이 없어요. 주변 사람들이 오히려 그때 고생 많이 했다고 얘기해 주는 거지, 그렇게 크게 좌절하고 의기소침하고 그랬던 기억이 없어 요. 그리고 어느 순간이 되니까 또 잘 되더라구요."

그는 개그 콘테스트를 거쳐 방송에 입문했지만 정작 그가 '대박' 을 터뜨린 건 당시 라디오 프로그램이었던 '별이 빛나는 밤에'의 공개 방송 보조MC를 맡으면서부터였다.

"원래 그 자리가 정재환씨가 있었던 자린데 정재환씨가 다른 프로 그램의 메인 MC가 된 거예요. 그래서 그 자리에 일단 한 회로 국한해 출연하게 됐지요. 프로듀서 입장에서, 저에 대한 인지도나 신뢰가 없 으니까 고정출연을 안 시켜 주려고 하더라구요. 그런데 거기에 딱 한 번 출연하면서 난리가 난 거예요. 제가 죽이게 했거든요."

"어떻게요? 무슨 비장의 카드라도 있었나요?"

"아니에요. 그냥 평범하게 하다가, 말 끝에 '저 다음 주에 또 나옵 니다' 그저 그 말만 했어요. 그랬더니, 그 말을 한 서너 번 하니까 그 다 음부터는 '저 다음 주에……' 까지만 해도 다 쓰러지는 거예요. 아……그때부터 태풍이 불더군요!"

그가 말하는 '태풍'이란, 우선 그는 다음 주에도, 그 다음 주에도, 그 다음 다음 주에도 '계속' 나왔다는 것이다. 그리고 그가 나온 방송 분만 녹음을 한 테이프가 길거리에서 팔려 나갔다. '별이 빛나는 밤 에'의 주애청자들이었던 여학생들은 그가 나타나는 곳마다 진을 치고 있었고 그는 어디를 가나 꽃다운 여자들에게 에워싸여 최고의 '오빠'가 되었다. 실로 태풍이 아닐 수 없었다!

"그로부터 3년 뒤에 결혼을 했죠. 결혼을 하니까 한 순간에 태풍이 사라지더군요! (웃음)"

"연애는 언제 하셨어요? 태풍 시절에 만난 여인인가요?"

"연애를 4년 했어요. 그러니까 태풍 전부터 사귀던 사람이에요."

"그렇게 여자들한테 인기가 많은데 마음이 흔들리지 않던가요?"

"아뇨. 우린, 그런 거 없어요. 한 번 가면 끝까지 가는 거예요."

여기서 '우리'란 일명 '아날로그 세대'를 지칭하는 것이리라. 그러고 보면 '아날로그 세대'만큼 인간적으로, 멋지게 살던 세대도 더 이상 없지 않을까 싶다.

이제 그가 결혼을 하고 10년이 흘렀다. 그 사이 그도 많은 우여곡절을 겪었고 시대도 많이 변했다. 그런데도 그는 변함없이 항상 그 자리에 있다. '일요일 일요일 밤에'는 1년 남짓 일본에 유학을 다녀온 기간을 제외하고 지금까지 10년을 진행하고 있으며, 나이를 거꾸로 먹어 일곱 살 아이와 '순수'하게 대화를 하는가 하면, 올 봄 SBS로 자리를 옮겨 '이경규의 굿타임'이라는 새로운 프로그램을 맡아 또 다른 면모를 보여 주고 있다. 오래되었으나 오래된 느낌이 없고 새로운 세대가 치고 올라와도 언제나 자신의 자리에서 편안해 보이는 그는 대체 어떤 재주를 지니고 있는 것일까?

"예전에 '몰래 카메라'로 소위 '대박'을 터뜨리고 나서 이후에 되는 일이 없더라구요. 그래서 유학을 갔죠. 우리가 일본 프로그램을 표절한다고 시청자들이 자존심 상해 하잖아요. 그래서 일본어를 배워 일본 방송을 제대로 한번 보고 오고 싶었죠. 무엇 때문에 우리가 맨날 따라만 하는 거고, 어떻게 해야 일본보다 더 재밌는 웃음을 전달할 수 있는 건지 공부하고 싶었어요. 정말 공부는 좋은 거예요. 덕분에 일본에 있었던 1년 동안 일어는 물론 사람도 많이 알게 되고 방송에 대해서도 훨씬 폭이 넓어졌죠."

"공부를 열심히 하셨나 봐요. 외국어를 금방 익히셨네요."

"제가요, 알고 보니까 공부를 잘 하더라구요. 일본어 공부하던 친구들이 다 젊은 친구들이었는데, 절대 저를 못 쫓아와요. 왜냐하면 걔들은 할일이 많잖아요. 젊으니까 연애도 해야 하고, 놀기도 해야 하고. 그런데 저는 할 게 공부밖엔 없더라구요. 하루에 열 시간씩 공부했다니까요. 그러니 어떻게 저를 이기겠어요."

"'복수혈전' 때문에도 그렇고, 유학을 하려면 당분간 수입이 없이 학비나 체재비를 써야 하니까 경제적인 어려움이 있잖아요. 그런 건 어떻게 해결하셨어요?"

"물론 다 썼죠. 그런데요, 열심히 살면 다 돌아오게 돼 있어요. 저는 뭐, 재테크를 하거나 돈을 많이 벌어 뭘 하겠다 같은 계획이 없어요.

그런데 그냥 어떻게 어떻게 다 꾸려지고, 지금은 그 때의 투자가 다 돌아오고 있으니 그럼 된 거죠."

"그래도 돌아와서 다시 재기하셨으니까 다행인 거죠. 보통은 나이로 봐도 그렇고, 한번 쉬고 나면 다시 그 자리에 서는 게 젊더라도 쉽지는 않잖아요."

"물론 그렇죠. 그래서 제가 몇 가지 깨달은 바가 있어서 나름대로 원칙을 세웠어요. 우선 '대박'을 터뜨리면 일단 한 템을 쉰다는 것, 그리고 쉬는 이유가 사생활과 절대 연결되지 말아야 한다는 것, 또 하나는 늙어가는 것을 보여주려면 아예 다 보여주고, 그렇지 않으려면 아예 보여주지 말자는 것, 아마 이 세 가지를 지키면 어느 누구라도 쉽게 무너지지 않을 겁니다."

가끔 예전에 활동했던 연기자나 코미디언들의 소식을 접할 때가 있다. 너무 오랜만에 보는 잠깐의 그들 모습은 아, 정말 세월을 실감케 한다. 그러나 아줌마, 아저씨에서 할머니, 할아버지가 되어도 그 모습을 매일 매일 보고 있으면 그들이 늙고 있다는 것을 실감하지 못한다. 내가 내 나이를 매일 매일 실감하지 못하는 것처럼.

그는 자신의 세월을 숨김 없이 매일 매일 보여줄 작정을 하고 있다. 그러나 단 한 가지 보여주지 않으려는 것이 있다. 자신의 사생활이다. 보통의 경우처럼 자연인으로서의 자유를 보장받기 위한 이유 말고도 그에겐 남 다른 이유가 하나 더 있다.

" '코미디언' 이라는 직업은 가수나 배우와는 달리 누군가를 웃기는 직업이잖아요. 가수가, 배우가 어떤 사생활로 어떤 어려움을 겪는지를 대중이 알면 때로 도움이 될 수 있어요. 저 사람이 이별을 해서 저렇게 노래를 슬프게 부르는구나…… 저 사람이 사랑을 해 봐서 저렇게 연기가 살아 있구나……. 그런데 코미디언은 달라요. 그렇게 어려운 일을 겪으면서 저렇게 웃겨야 하니 참 안됐구나…… 그렇게 생각하죠. '코미디언' 은 말이죠, 자신이 행복해야 해요. 실제가 어떻든, 적어도 행복한 사람이라는 이미지를 지켜 가야 해요. 그래야 보는 사람이 마음 놓고 웃어요."

그가 행복해 보이는 것은 부정할 수가 없다. 그다지 고민 있어 보이지도 않고, 대단한 고생을 겪은 사람처럼 보이지도 않고, 자신의 미래를 걱정하는 사람으로 보이지도 않는다. 오히려 매사가 너무 덤덤해 보여서 사는 게 정말 재미있을까 궁금해지기까지 한다.

"화내는 일 별로 없죠?"

"네. 별로 화낼 일 없어요. 가끔 욱 하죠. '대단한 도전' 보면…… 알죠? 제가 욱 하는 거."

"어머, 맞아요. 욱 하다가 또 금방 헤헤 하고 풀어지시죠. 그거 보고 있으면 출연자들의 진짜 성격들이 다 보여요."

"그럴 거예요. 제 진짜 모습도 거기서 다 들켜요. 욱 하다가 금방 잊어 버려요. 그게 저예요."

"별로 애 닳아 하는 것도 없으시죠?"

"그건 좀 있죠. 제가 진짜 좋아하는 것들, 정말 원하는 것들, 이를 테면 '주연 배우 캐스팅' 같은 문제요. 아…… 진짜 애가 닳죠."

아니나 다를까, 다급하게 손을 흔드는 습관이 또 나온다.

"댁에서는 어떠세요? 어떤 남편이세요?"

"있는 듯 없는 듯한 남편이요."

"따님이, 지금 나이가……?"

"초등학교 4학년이에요. 좀 늦게 낳았죠."

"딸아이한테는 어떤 아빠세요?"

"있는 듯 없는 듯한 아빠요. (웃음)"

딸아이가 일곱 살일 때 '전파견문록'을 시작해서, 덕분에 일곱 살 아이를 다루는 일이 아주 쉬웠다고 한다. 화면에는 나오지 않아서 전혀 모르지만 출연자들이 문제의 답을 맞히는 동안 심심해서 주리를 트는 아이들이 종종 있는데 그런 아이를 다루는 그만의 비법이 있다.

"고만한 아이들은요, 운다고 달래면 더 울고, 보챈다고 다독이면 더 보채요. 말없이 옆에 바짝 다가서서 주먹을 한 번 불끈 쥐고 눈을 딱 마주치면 바로 평정이에요."

아마도 그의 딸아이에게 그는 '있는 듯 없는'이 아니라 '없는 듯 있는' 아빠였을 것 같다.

불경기 때는 미니스커트와 코미디 영화가 인기를 얻는다고 한다.

여자들의 치마 길이와 경기의 흐름이 상관관계를 갖고 있다는 것은 정확한 근거를 찾기도 어렵고 구체적인 증거를 제시할 수도 없는 '우연'에 불가한 일일 수도 있겠으나 불경기 때 코미디라는 장르가 인기를 얻는다는 것은 상당히 설득력 있어 보인다. '실미도'와 '태극기 휘날리며'가 '관객 1천만 시대'를 열면서 '진지한 대작'의 흥행이 우리 스스로를 깜짝 놀라게 했지만 그러한 예를 제외하고 본다면, 지난 몇 년간 가장 많이 제작되고 가장 많이 관객층을 확보한 장르는 역시 코미디이다.

뿐만 아니다. 텔레비전의 역사만큼이나 오래된 '코미디 프로그램'은 그간에 쉼 없이 만들어지고 보여지며 대중들의 시간을 장악해 왔지만 경기가 어려웠던 몇 년간 그 인기는 가히 폭발적이었다. 지금은 드라마의 경우 '시트콤'이라는 형태로, 쇼 프로그램은 '코믹 버라이어티 쇼'로, 코미디 프로그램은 '정통 코미디'로 탈바꿈하면서 코미디라는 장르의 폭이 최대한 넓고 깊어졌다. 이러한 흐름은 아마도 당분간 계속될 것으로 보인다.

마치 기적처럼 어느 날 갑자기 경기가 회복되지 않는 한 대중은 당분간의 스트레스를, 코미디를 통해 해소해야 할 것이다. 그저 한번 웃고 말더라도 웃을 때만큼은 시원하게 웃겨 주기를, 복잡한 생각 속에 잠겨 있다가도 불현듯 떠올리면 또 다시 생생하게 웃겨 주기를, 모든 것이 힘에 부쳐 울고만 싶을 때, 차라리 한 번 웃어 보는 것도 살아가는 하나의 방법이라는 것을 깨닫게 해 주기를, 나는 그에게 기대한다. 팍팍한 일상 속에 찌들어가는 요즈음, 그나마 웃게 해주는 그가 있어 너무 고맙다.

소나무 숲에서의 첫 밤, 여러 해 '없다' 쳤던 생일이 새삼 찾아왔다. 어색했지만 기꺼이 촛불을 불고, 축하 카드들의 일렁이는 글씨를 읽고, 타들어 가는 폭죽의 입체 별 모양 불빛을 보며 소원도 빌었다. 그날 나는 유난히 잠을 설쳤고 동이 트자 더는 견딜 수 없어 밖으로 나왔다. 그때 맨 먼저 눈에 들어온 것은 숲이 아니라, 모자도 벗고 신발도 벗고 '편히 누워' 자고 있던 한 그루의 아름드리 소나무였다.

나는 다가갔다. 거대한 몽당연필처럼 잠자는 소나무가 얼핏 나에게도 누워 보라고 한다. 나무 위에 나는 누웠다. 튀어나온 곁가지 하나가 다정하게 나를 지탱하며 힘을 빼도 된다고 다독인다. 힘을 빼자 스르륵 빗장이 풀렸다. 그렇게 한동안 '없는 듯 있는' 사이, 해는 중천에 걸리고 그 해가 다 넘어가도록 지인들과 어울려 내내 소란하게 웃었다. 웃기든, 혹은 웃기지 않든.

열 정 의 산 고

이 홍 렬

"아이들과 내 뒷바라지에 정신 없던 아내가
그러더라구. 공부하고 싶다고. 내가 그 마음을
왜 모르겠어. 나는 공업고등학교를 나왔고 아내는
상업고등학교를 졸업했거든. 나야 늦게라도
공부해서 대학도 나오고 유학도 다녀왔는데
아내에게는 기회가 없었던 거지. 그래서 군말 없이
그러라고 했어. 그랬더니 아무 말 없이 천장을
올려다보는 거야. 그래서 왜 그러나 하고 슬쩍
봤더니 뺨으로 눈물이 주르륵 흘러 내리더라고."

엄마는 그림 그리기를 좋아하셨다. 엄마가 친구와 전화 통화를 할 때마다 손바닥만한 메모장에는 엄마의 작품이 한 장씩 새로 그려졌다. 작품은 언제나 '얼굴'이었다. 얼굴이 하얗고 머리는 길고 우수에 찬 눈빛과 웃지 않는 입술……. 엄마는 수다를 떠는 동안 그림을 그린 것이 아니라 얼굴을 그리는 동안 수다를 떤 것이었기 때문에 전화통화가 끝나고 나면 매번 그 얼굴은 미완된 적 없이, 항상 같은 표정으로 나를 바라보았다. 그 때문에 나는 두 가지 소망을 갖게 되었다. 하나는 쌍꺼풀 진 내 눈이 그 얼굴처럼 쌍꺼풀 지지 않은 기다란 눈이었으면 하고 바라게 된 것이고, 또 하나는 나도 엄마처럼 그림을 그려 보고 싶다는 꿈을 조금씩 품게 된 것이다.

어느 날부터 내 꿈은 별다른 노력 없이 실현되기 시작했다. 사생대회나 포스터전 같은 데서 입상도 종종 하고 백일장에 시 몇 줄 써서 낸 것이 장원을 해서 그 위에 그림을 덧칠하고 시화전에 내걸기도 했었다. 그러나 아버지는 우등상장보다 많은 그것들을 별로 기쁘게 받아들이지 않으셨다. 결코 만만치 않

이흥렬

은 아버지의 벽 앞에서 나의 꿈은 억지로 접혔다. 방송을 시작하자 아버지는 비로소 기뻐하셨다. 리포터 초년시절, 한번은 도자기 마을 이천으로 취재를 가게 되었는데 아이러니컬하게 그곳에서 나의 꿈은 다시 꿈틀거렸다. 기어오르듯 틈새를 비집는 흙의 감촉을 느끼며, 활활 타오르는 가마의 불살에 빨려들며, 나는 꿈을 벅차도록 구웠다. 뒷문을 열면 산이 중첩하고 앞문을 열면 바다가 부채처럼 펼쳐진다. 그릇을 굽는 가마에선 쉼 없이 연기가 솟고 텃밭에는 옹기종기 결실이 돋고, 손바닥만한 메모장에 삶의 경이를 기록하느라 열중인 내 얼굴엔 쌍꺼풀보다 더 짙은 주름이 물결처럼 살아난다.

글을 쓰다 생각이 잘 안 나면 잠시 고개를 든다. 차양처럼 드리워진 낮은 소나무는 그 잎이 손에 닿을 만큼 가깝다. 솔잎을 좀 따서 사금사금 씹으며 저만치에서 소나무를 패는 친구를 본다. 깊이 패인 소나무는 곧 가마 속으로 들어가 가장 긴 불꽃으로 떡두꺼비 같은 아이를 출산한다. 나는 매번 아이처럼 기뻐한다. 아, 그렇게 살고 싶다!

그날 나는 모교에서 특강이 있었다. 그리고 그는 대학 강단에서 강의가 있었다. 두 사람 모두 어지간히 떠들다 만난 셈이다. 약속 시간은 저녁 8시. 두 사람 모두 무척 배가 고팠다.

약속 장소의 간판을 발견하자 허기가 더해졌다. 그 집은 꽤 맛있는 파스타 집이었다. 문을 열고 들어서자 저 끝에서 스물여덟 가락쯤 되어 보이는 크림소스 파스타를 한 입에 말아 넣고는 맛있게 오물거리는 그의 모습이 눈에 확 들어왔다.

"어머, 일찍 오셨나 봐요. 벌써 다 드셨네요."

이홍렬

그는 먼저 눈으로 인사를 했다. 왜냐하면 마지막 남은 파스타 몇 가락을 소스에 싹싹 버무려 마무리하는 작업에 내가 끼어들었기 때문이다. 식사가 끝나자 비로소 한숨 돌렸다는 듯 허리를 편다.

"음, 우리 집사람이 여길 한번 와봤다고 그러더라구. 이 집이 맛있다더니, 정말 괜찮네."

나는 더욱 배가 고팠다. 그러면서 걱정이 되었다. 인터뷰를 하면서 같이 먹으면 몰라도 나 혼자 먹으며 질문을 할 수는 없지 않은가. 아무래도 오늘은 다이어트의 날인가 보다 하고 그의 빈 그릇을 슬쩍 넘겨다보았다. 그러자 그가 하는 말.

"배고플 텐데 걱정 말고 얼른 한 그릇 시켜. 먹으면서 그냥 듣기만 하면 돼. 나한테는 질문이 필요 없거든."

나는 당장 토마토 소스에 해물이 듬뿍 들어간 먹음직스런 파스타를 주문했고 그 이후부터 내내 먹고 듣기만 했다.

　"오늘은 강의를 하는 날이라 다른 날보다 좀 피곤하지. 강의 자체도 그렇지만 공주까지 갔다 오는 게 여간 힘든 게 아니거든. 그래도 강의 시작한 지가 벌써 3년째 접어들어. 힘들어도 참 소중하고 또 중요한 일이기 때문에 지금까지 쭉 해오고 있는데, 교수라는 자리가 대단해서도 아니고 그렇다고 그에 대한 보수가 많아서도 아니고 그저 나 스스로의 또 다른 공부이고, 미래에 대한 준비라는 점에서 나름대로 열심히 하고 있지. 강의하면서 제일 좋은 게 뭔지 알아? 방학 때도 월급이 나온다는 거야. 야, 진짜 좋더라. 이번에 6개월을 쉬었는데, 방송은 쉴 때 어디 돈을 주나. 이번엔 정말 맘 먹고 쉬었는데, 물론 전에 일본에도 갔다 오고 미국에도 갔다 오고…… 공백이 있긴 했지만 그건 다 목표가 있어서 쉰 거기 때문에 쉬었다기보다는 꾸준히 뭔가를 하고 있었던 거였고, 이번에는 진짜로 쉬었지. 목표가 있었다면 쉬는 게 목표였다고 할까? 끊임없이 뭔가를 하다 보니까 아, 나도 좀 쉬어야겠구나 하는 생각이 들더라구. 그리고 '이홍렬 쇼' 이후에 도대체 되는 일이 없는 거야. 하는 프로마다 별 성과도 없고, 많진 않지만 어디에 소액투자를 했었는데 그것도 안 되고……. 계속 힘 빠지는 일만 이어지는데다, 옛날 같으면 말야, 개편 때 프로그램을 거절하느라고 바빴거든. 그런데 지난 번 개편 때부터는 그게 아닌 거야. 들어오는 프로그램도 귀해지고, 심지어 이런 프로그램까지 나를 섭외해 오는구나 할 정도로, 거절의 차원이 아니라 자존심의 차원에서 위기감이 느껴지더라구. 그 이유를 물론 나도 알지. 그러고 보면 '이홍렬 쇼'에서 김태성 프로듀서를 만난 건 정말 행운이었다는 생각이 들어. 그 사람은 나 자신도 모르고 있었던 나의 장점이나 숨은 재주를 기가 막히게 끌어내서 그야말로 제대로 프로그램을 만들어 준 사람이거든. 일례로 녹화를 하다가 '아, 이건 편집됐으면 좋겠다' 하면 말하지 않아도 족집게처럼 편집을 해. 웃음의 포인트라고 하지? 여러 번 웃었어도 시간상 추려내야 한다면 몇 가지는 포기하고 가장 중요한 포인트만을 찾아내야 하는데, 그런 면에서도 나와 생각이 거의 일치했어. 다시 말해 서로 감이 통한 거지. 그렇게 호흡이 척척 맞으니 어떻게 프로그램이 안 되겠어? 그런데 그 이후의 프로그램들은 그렇지가 못했어. 기획이나 구성은 다 괜찮은데 막상 시작해 보면 프로듀서와 내가 호흡이 안 맞는 거야. 예를 들어 나는 키 큰 여자와 나란히 서서 우스꽝스런 부조화를 연출하는 게 그 프로그램에 그다지 필요하지도, 어울리지도 않고 내 스스로도 별로 즐겁지 않다고 생각하는데 프로듀서는 그게 재미있다고 생각하고 계속 주장하는 거야. 그러면 내가 신나게 그 프로그램을 진행할 수가 있나? 얼마 전에 새로 시작한 프로그램을 첫회 방송하고 그만두었는데…… 사실 어려운 결정이지. 나나 방송사나. 하지만 그간에 여러 프로그램을 실패하면서 느낀 바가 있기 때문에, 쉬고 나서 다시 시작하는 마당에까지 되풀이하고 싶지 않아서 과감하게 빠른 판단을 한 거야. 쉬면서 내가 어떤 프로그램을 어떻게 이끌어 가야 할지 많이 생각해 봤어. 나와 척척 맞아떨어지는 프로듀서를 만나는 운이 있기도 해야겠지만 내 스스로도 또 다른 발전을 준비해야겠다는 생각이 들더라구. 그런데 어느 날, 식당에 밥을 먹으러 갔는데…… 그런 데서 아줌마들 많이 만나잖아. 다들 그러는 거야. 왜 방송 안 나오냐고. 텔레비전에서 빨리 보고 싶다고. 그때 생각했지. 내가 그동안 너무 젊게 머물러 있었구나 하고. 사실 나는 가급적이면 젊은이들과 놀고 싶었어. 그래서 그들이 즐겨 하는 것, 그들의 문화나 생각들을 놓치지 않으려고 노력하고 프로그램에서도 젊은 감각을 늘 염두에 두었었지. 그런데 아줌마들이 있다는 걸, 나를 좋아하고 지지해 주는 우리네 아줌마들이 아주 가까이 있다는 걸 문득 깨달은 거야. 그렇다면 앞으로 프로그램을 진행하면서 연령대를 좀 높여 보면 어떨까, 그 동안에 미루었던 일들을 이제는 해야 하는 때가 온 것이 아닐까, 여러모로 깊이 생각하게 되었지. 그래서 '이홍렬 박주미의 여유만만'을 시작하게 된 거야. 데일리(매일 방송하는) 아침방송이긴 하지만 예전처럼 매일 생방송하는 게 아니라서 다른 프로그램 하면서도 거뜬히 할 수 있고, 나의 새로운 영역인 주부들을 만날 수 있고, 또 그 동안에 아침 프로에서 연예인 신변잡기나 오락 위주로 많이들 했잖아. 지금도 하고 있고. 그런 가운데 정보성이 있는 주부 대상 프로그램을 진행한다면 의미도 있고. 이사를 안 할 이유가 없는 거지. 그래서 '여유만만'은 6개월의 휴식 후, 나로서는 무척 큰 기대를 갖고 시작했어. 아주 열심히 하고 있고. 물론 시간이 걸리겠지. 옆 채널은 벌써 천 팔백 회가 다 되어 가는데 하루아침에 우리 프로의 위력이 나타날 수 있겠어? 주미씨와도 처음 호흡을 맞추는 건데 자리가 잡히려면 시간이 좀 걸리겠지. 그런데 이젠 자신이 생겼어. 잘 될 거라는 확신도 있고."

'여유만만' 이라는 제목 한번 잘 지었구나, 생각하며 드디어 나는 마지막 남은 몇 가락의 파스타를 소스에 싹싹 버무려 깨끗하게 그릇을 비웠다. 그리고 비로소 허리를 펴며 첫 번째 질문을 했다.

"전에는 하시는 프로그램이 엄청 많았잖아요. 한꺼번에 네다섯 개씩. 이젠 시간적으로 여유가 좀 있으시겠네요. 아침방송도 매일 하는 건 아니고 강의는 일주일에 한 번이고."

"그리 여유가 많지는 않아. 주중에는 아침방송 5일분 녹화와 공주 영상정보대학 이벤트학과에서 아이디어 발상법 강의를 하고 주말에는 골프를 해. 수경씨 골프 하나? …… 아이구, 저런. 곧 배워 봐. 나는 사실 늦게 시작한 편인데, 아…… 그거 진짜 재밌어. 나는 시작하자마자 완전히 빠졌어. 그러던 차에 케이블에서 골프 프로그램이 들어온 거야. 공중파만 고집하다가, '골프' 라니까 귀가 번쩍 뜨이면서 '무조건' 하기로 했지. 지금은 스카이TV에서 HD로 볼 수 있는 '이홍렬의 월드 골프' 라는 프로그램을 하는데, 제목만 들어도 알 수 있듯이 월드 즉, 세계를 돌아다니며 골프를 하는 거야. 어찌 마다하겠어. 그래서 개

이
홍
렬

편 때 공중파에 새로 프로그램을 들어가면서 모든 스케줄을 '월드 골프'의 녹화에 지장이 없게 맞췄다니까. 얼마나 좋은지 몰라. 골프도 하고 여행도 하고. 그러니 여전히 바쁘지. 그런데 바쁜 건 좋은 거야. 오래 전에 돌아가셨지만 우리 어머니가 항상 그러셨지. 사람은 일을 해야 한다고. 나는 어렸을 때 너무 가난하게 살아서, 머리가 좀 컸을 때부터 그렇게 일을 찾아다녔어. 일을 해서 돈을 벌어야 한다는 생각으로 단 하루도 멍청히 보낸 날이 없어. 그래선지 난 지금도 아무것도 안 하고 가만히 있으면 뭔가 불안해. 바쁜 게 당연하고 즐거워. 그러면서 또 한편으로 참 감사하지."

여기서 잠깐, 그의 이력서를 들여다보자.

서울공업고등학교를 졸업한 그는 '일복' 없으나 자상하고 착하신 아버지와 '돈복'은 없으나 가족에 대한 책임감이 강해서 평생 바느질로 가족의 생계를 이어 주시는 어머니를 생각하며 수많은 '일거리'를 찾아다녔다. 공업회사나 전자회사에 취직을 하기도 하고 놀이공원에서 아르바이트를 하기도 하고 다방이나 주점에서 DJ를 하기도 했다. 그러나 어느 한 가지에도 마음을 붙이지는 못했다. 왜냐하면 그에게 있어 '일'은 '해야만 하는 것'이기도 했지만 그것이 '하고 싶은 일'이길 더 원했기 때문이다.

최초로 그의 꿈을 펼치기 시작한 건 1979년 3월 13일, TBC(지금의 KBS 2 TV) 라디오의 '임성훈·최미나 가요 대행진'을 통해 정식으로 방송에 데뷔하면서부터다. 그리고 지금까지 25년째, 그는 아버지의 일복까지 덤으로 얻은 듯 줄기차게 일해 왔다.

그리고 또 하나의 꿈을 이루었다. 늦깎이 대학생으로 원 없이 공부한 결과, 1991년 2월 22일 중앙대학교 예술대학 연극영화학과를 졸업했다. 그리고 2년 후 일본으로 유학을 떠났다. 그가 돌아왔을 때 그는 최고의 전성기를 맞이하며 꿈 꾸기도 벅찼던 'MBC 방송대상 코미디부문 최우수상'을 타기에 이르렀다.

그 이후 헤아릴 수 없을 만큼의 수많은 상을 거머쥐며 그는 명실상부한 '최고'가 되었다. 당시 조영남씨가 그에게 그랬단다. '유학 갔다와서 티 나는 사람은 너 하나뿐이다'라고. 그리고 그는 최고의 정점일 때 아름다운 뒷모습을 보이며 떠났다. 1998년 봄, 미국으로 1년 6개월간의 어학연수를 떠난 것이다.

"일본에서 유학할 때는 고생을 많이 했지. 없이 갔으니까 생활도 궁핍했고 외로움도 컸고. 그래서 미국에 갈 때는 돈을 좀 모아서 갔지. 그리고 가족도 함께 갔어. 참 좋았어. 모처럼 여유롭게 공부를 했다고 할까? 아이들한테도 좋은 경험이 되었고 아내에게도 좋은 기회였지. 연수가 끝나고 돌아올 때쯤, 아이들과 내 뒷바라지에 정신없던 아내가 그러더라구. 공부하고 싶다고. 내가 그 마음을 왜 모르겠어. 나는 공업고등학교를 나왔고 아내는 상업고등학교를 졸업했거든. 나야 늦게라도 공부해서 대학도 나오고 유학도 다녀왔는데 어릴 때 만나 결혼해서

이
홍
렬

내 학업 뒷바라지하고 아이 둘 낳아 키우고 그랬으니, 아내에게는 기회가 없었던 거지. 그래서 군말 없이 그러라고 했어. 그랬더니 아무 말 없이 천장을 올려다보는 거야. 그래서 왜 그러나 하고 슬쩍 봤더니 뺨으로 눈물이 주르륵 흘러내리더라고. 그래서 속으로 결심했지. 졸업할 때까지 씩씩하게 기다려 주기로. 원래 2년 과정인데 2년 반 만에 졸업을 했어. 사실 참 대단한 거야. 혼자서 두 아이 뒷바라지 다 해가며 공부를 한 거거든. 결코 쉬운 일이 아니지. 난 한 3년까지도 각오하고 있었는데 2년 반 만에 해낸 거야. 얼마 전에 아내의 졸업식에 갔다 왔는데 아내가 너무너무 기뻐하더라구. 정말 뿌듯했어. 그러면서 나도 가슴이 막 뛰더라구. 아, 이제 그 지독한 외로움에서 해방이다. 드디어 '같이' 사는 구나! 하고 말야. 미국에서 나 혼자 한국에 들어왔을 때, 그 시점부터 따지자면 2년 9개월이야. 와…… 정말 외로워 미치겠더라고. 오죽하면 내가 고양이를 데려다 키웠겠어. 원래는 강아지를 더 좋아하는데 강아지는 외로움을 많이 타잖아. 동물이든 사람이든 외로움이라는 게 얼마나 절실한 건지 알기에 비교적 외로움을 잘 견디는 고양이를 키운 거지. 내가 일하는 동안에 그 녀석은 또 혼자 있어야 하니까. 참, 그 녀석이 자식을 셋이나 낳았어. 2남 1녀인데 그 중에 아들놈 하나가 유난히 나를 따르더라고. 그래서 그 놈은 데리고 있고 나머지 두 놈은 다른 집으로 갔는데 나중에 어미도 그 집으로 보냈지. 그래서 지금 집에는 아들놈 하나만 있는데 이 녀석이 지가 강아지인 줄 알아.

내가 일하고 집에 들어오면 꼭 강아지처럼 꼬리를 흔들며 뛰어나와. 원래 고양이는 내성적이라 불러도 웬만해서는 안 오거든. 근데 마치 강아지처럼 야옹야옹 '짖으며' 뛰어나와. 그것도 다른 식구들한텐 안 그러고 유독 나한테만 그래. 그래서 하루는 내가 집에 오면 이 놈만큼 반기는 사람이 없다고 하니까, 아내가 하는 말이 밥을 주는 사람이라 그렇다는 거야. 그래서 내가 그랬지. 밥을 주는 사람이라서 그렇게 뛰어나와 반기는 거라면 내가 당신한테는 밥 안 주나? 내가 아이들한테는 밥 안 주나? 아니, 밥만 줘? 밥 말고도 다 주지? 근데 왜 안 뛰어나와? 그랬더니 아내가 내 코앞에 얼굴을 들이대고 야옹야옹하는 거 있지. 나 참. 아니, 근데 내가 무슨 말 하다가 여기까지 왔지? 음…… 수경씨는 말야, 질문을 할 필요는 없어. 내가 그냥 다 말하니까. 근데 하나만 해줘. 내가 말을 하다가 딴 데로 잘 새거든. 그럴 때 내가 무슨 말하다 샜는지 잘 기억해 둬야 돼. 강의할 때도 한 학생을 지명해서 그걸 시키거든. 가만, 무슨 말 하다가……."

"아내 얘기 하시다가요."

"그러게…… 집사람이 뭐했다 그랬지?"

"밥 얘기 하시다가요."

"아, 맞다. 그거!"

"근데 요즘엔 그런 걸 부쩍 느껴. 딸이 있으면 좋겠다……. 딸 가진 사람 보면 그렇게 부러울 수가 없어. 우리 애들은 둘 다 아들인데다가 이제 다 머리가 컸잖아. 나는 나름대로 애를 쓰는데 영 안 먹혀. 집에서도 나는 개그를 꽤 하거든. 근데 안 웃어. 눈만 멀뚱멀뚱 뜨고 '그게 뭐가 웃겨요?' 그래. 무슨 질문을 해도 '네', '아니요', '몰라요' 그게 다야. 나 참 썰렁해서……. 그래도 참 고맙고 기특한 건 애들이 사춘기가 막 시작될 때 미국에 갔잖아. 거기서 근 5년을 보냈으니 여기 와서 적응하기가 쉽지 않을 텐데 비교적 잘 적응을 해 줬어. 내가 그랬 거든. 미국 갈 때도 그랬지만 애 엄마 공부한다고 나 혼자 돌아올 때도 '엄마 공부 마칠 때까지만 있는 거다, 둘 다 한국으로 돌아와야 한다, 한국 사람은 한국에서 살아야 한다' 라고, 딱 못을 박았어. 그래서 두 말 없이 엄마랑 한국으로 들어오고 바로 학교에 들어갔는데 공부는 아 직 못 따라가지. 영어야 잘 하지만. 자기들 나름대로 어려운 점이 많을 텐데 크게 내색하지 않고 노력을 하더라구. 큰 아이는…… 학교에서 가끔 전화가 와. 아이가 무슨 무슨 잘못을 했는데 어떻게 하면 좋겠냐 고. 한번은 어느 여자 선생님한테, 앞에는 과목을 붙이고 뒤에는 씨를 붙여서 '무슨 씨!' 하고 불렀대. 그러니 선생님이 화가 났겠지. 그래서 막 야단을 쳤는데…… 아, 이 녀석이 돼먹지 않게 받아쳤다는 거야. 그 전화를 받고 집에 들어가면서 회초릿감을 찾았어. 적응하기가 쉽지 않 은 건 알고 있지만 그건 '적응의 문제'가 아니라 버르장머리가 없는 거 잖아. 내가 맘이 약해서, 아무리 화가 났다 해도 말로 혼내다 보면 시간 이 가고 그러면 매를 들었다가도 차마 때리지는 못하거든. 근데 그날은 안 되겠더라고. 그래서 아예 회초리를 들고 집의 현관문을 열자마자 당장 불러내 두들겨 패 주려고 그랬지. 그래서 결심한 대로 집에 들어서자마자, 이놈의 자식을…… 하고 애한테 덤벼드니까, 애 엄마가 소리를 꽥 지르면서 잠깐 얘기를 들어보라는 거야. 얘기인 즉, 걔가 다닌 미국 학교에서는 여선생님한테 친근하게 부를 때 'Miss 누구' 하고 부른다는 거야. 자기 딴엔 그걸 한국말로 바꾼 거지. 그런데 선생님이 불같이 화를 내니까 자기도 놀라서 왜 화를 내시냐고 물었는데 선생님 입장에서는 건방진 녀석이 '뭐 어때서 그래요' 하며 이죽거리는 뉘앙스로 받아들인 거지. 아이가 절대 그런 거 아니었다고 믿어 달라고 하소연을 하는데……. 어떡해. 일단 매는 내려놓고 차근차근 설명을 했지. 한국에서는, 그건 선생님한테 쓰는 말이 아니다. 너는 한국 사람이다. 선생님한테는 '선생님' 이라는 말 말고는 다른 말은 아예 쓰지 말아라. 매번 그렇게 과도기를 이겨 가고 있지. 아이도 처음에는 많이 힘들어했는데 이제는 조금씩 잘 받아들이고 있어. 그리고 다른 친구들, 어렵게 공부하는 영어를 자기는 쉽게 하니까 어떤 때는 나한테 고마워하기도 하고. 많이 컸지. 그래서 기특해. 작은 애는 어릴 때 갔다 와서 그런지 큰 애보다는 좀 수월한 모양이야. 사실 내가 더 고맙지. 나도 외국 나가서 공부도 하고 여행도 다니고 그래 보니까, 우리나라의 관습이나 사고방식들이 일부분 어떤 때는 막 화가 치밀어. 근데 그게 또 그게 아니더라고. 우리의 양식은 외국하고 수평 비교를 할 수 없겠더라

이
홍
렬

고. 예를 들어서 미국에서 신호 없는 사거리를 지나는데 거긴 각자 온 순서대로 하나 가고 하나 가고 그러잖아. 그걸 우리나라에서 해봐. 난리 나지. 우리나라 교통 실정에는 그런 시스템이 이루어질 수가 없어. 한번은 횡단보도에서 '일단정지'를 성실히 이행하다가 사고가 날 뻔도 했어. 원래 횡단보도 앞에서는 신호가 뭐든간에 일단 정지를 했다가 출발하는 거잖아. 그게 얼마간 습관이 되어서 나도 모르게 그렇게 했는데 뒤에서 차가 빵 하고 클랙슨을 누르는 거야. 어찌나 깜짝 놀랐는지 화가 나더라고. 그래서 일부러 잠깐 더 정지해 있다가 출발을 했는데 그때 골목에서 차가 튀어나오는 바람에 하마터면 사고가 날 뻔했어. 그때 내가 깨달은 건 선진국형의 질서 의식이 바람직하지만 조금씩 같이 가야지 나 하나만 어디서 배워 왔다고 티를 내다가 오히려 사고 난다는 거야. 그래서 적절히 어우러지면서 보이지 않게 앞서가는 것이 필요하다는 생각을 했어. 이제 '정지선' 지키기를 다들 하니까 좀 달라지겠지. 다 같이 말야. 근데 무슨 얘기 하다가 여기까지 왔지?"

'정지선'에서 갑자기 끊긴 이야기는 '기억력'까지 정지시켰다. 나는 순간 당황하며 꼬리에 꼬리를 물어 이야기를 역순으로 거슬러올려 갔다. 다행히 생각이 났다.

"아드님 얘기 하시다가요……."

"아, 참. 그랬지."

"딸 가진 부모들이 부럽다는 얘기하시다가……. 참, 근데요. 늦둥이 낳으실 생각 없으세요?"

"글쎄. 또 아들이면 어떡해. 그래서 내가 못한다우."

"어머, 그래도 생각은 해 보셨나 봐요?"

"아니 뭐, 그렇다기보다……. 하하하."

"결혼하신 지 몇 해 되셨어요?"

"우리가 매해 결혼기념일에 사진을 찍거든. 지금까지 모두 열 일곱 장이야. 결혼식 사진 합쳐서."

"와. 멋지네요. 가끔 그것을 들여다 쫙 보시면 감회가 새로우시겠어요."

"그렇지. 식구가 늘고 또 커가는 과정이 고스란히 담긴 역사지."

"그 가운데 가장 눈이 많이 가는 사진은 어떤 사진이에요?"

"우리 큰 아들 키가 나보다 컸을 때 사진. 그래서 그날은 일부러 일렬로 나란히 서서 찍었어. 나보다 더 커진 큰 아이의 키가 눈에 확 들어오게."

"키에 무척 집착하셨나 봐요."

"어유, 그럼. 아들들한테 바라는 내 소원이 '아빠를 내려다보며 얘기하는 것' 이었거든."

"하하하. 꿈을 이루셨네요."

"그렇지. 정말 다행이야."

"꿈 하나를 이루면 또 다른 꿈을 만드시잖아요. 이번에는 어떤 꿈이 있으세요?"

"개그맨들의 꿈이 자신의 타이틀을 건 토크쇼를 진행하는 것이거든. 나는 '이홍렬 쇼'라는 내 이름을 건 토크쇼를 해 봤으니 꿈을 이룬 셈이지. 이제는 내가 아끼는 후배 개그맨 중에서 누군가가 자신의 이름을 건 토크쇼를 진행하는 모습을 보았으면 좋겠어. 그게 나의 새로운 꿈이야."

이제 그의 새로운 꿈은 그의 아들의 키만큼이나 그를 훌쩍 넘어섰다. 먼 길을 왕복해 강의를 하고, 질문도 없이 세 시간을 쉬지 않고 말하고. 아마도 그날 그가 말하고 움직인 시간은 하루 24시간의 거의 대부분일 것이다. 인터뷰가 끝나갈 무렵 그는 피로가 한꺼번에 몰려든 듯 눈을 잘 뜨지도 못할 지경이었다. 그럼에도 불구하고 인터뷰 이후 모든 사진 촬영에 성의껏 포즈를 잡아 주었다. 조카딸처럼 어깨라도 주물러 드리고 싶은 심정으로 그를 '내려다보며' 나는 생각했다. 참 크신 분이라고.

소나무는 그릇을 굽는 최적의 불을 만든다. 불꽃이 유난히 높은 것도 그 이유지만 실은 더 중요한 이유가 있다. 소나무는 충분히 불사르면 순식간에 재가 된다. 다 탔음에도 불구하고 여전히 나무인 듯 뻣뻣한 것이 아니라 보드라운 분가루처럼 스스로 몸을 턴다. 그래서 장작을 거푸 넣어도 소나무만은 불길이 잘 통한다. 그런데 그것 말고 또

열
정
의

산
고

한 가지 가장 중요한 이유가 있다는 것을 나는 뒤늦게야 알게 됐다. 그것은 바로 '잔열'이었다. 분가루처럼 사그라든 재가 정말 오래도록 뜨거운 것은 오로지 소나무뿐이다. 오래도록 남아 뜨거울수록 그릇은 더욱 견고해짐을 이제라도 알아서 천만다행이다.

이
흥
렬

붉음이 치켜드는 푸르른 깃발

손 석 희

꽃무늬 잔을 내려놓으니 뉘엿뉘엿
해가 진다. 나무 대문 앞에서 꼬리를
흔드는 누렁이를 몇 번인가 쓰다듬고
이내 길을 나섰다. 지붕보다 훨씬
높은 적송의 푸른 깃발이 뒷짐을 지고
나를 배웅한다. 이유를 알 수 없게
내 어깨가 단단해진다.
타협하지 않았기에, 나의 삼십대는
오히려 빛났다. 굴복하지 않았기에,
그의 사십대는 오히려 젊었다.

가을바람이 선선히 부는 날이었다. 그와 그의 아내는 바람도 시원하니 집에 와서 밥이나 한 끼 먹자고 했다. 나는 곧장 목동으로 달렸다. 원래 그들은 목동의 11층 높이에서 꽤 오래 살았었다. 그런데 어느 날 이사를 했다. 공중에서 지상으로. 그래서 그들은 정말 땅을, 그러니까 흙을 딛고 살았다. 바람이 선선한 날은 정원에 나가 차 한잔 마시며 모과가 얼마나 익었는지 틈틈이 들여다 본다고 그의 아내는 자랑했다. 아마 그는 바람이 선선한 날이면, 11층 공중의 베란다가 아니라, 녹음 짙은 나무 그늘 아래에서 땅을 딛고 익연하는 즐거움이 가장 컸을 것이다. 나는 쏜살같이 목동으로 달려갔고 그들의 자랑거리, 정원을 디뎠다.

그것 참, 신통한 정원이었다. 대부분의 아파트들이 그렇듯이 아파트 둘레에는 으레 화단이 있게 마련이다. 그들이 새로 이사 간 아파트는 그 화단을 1층의 각 세대에게 할당해서 각자 가꾸고 사용할 수 있도록 한 것이다. 거실에서 나무 계단을 밟고 내려가 동그란 디딤돌을 서너 개 건너면 탐실한 모과를 딸 수 있고, 차 한잔을 마실 수도 있고, 끽연을 할 수도 있었다. 정원에 살고 있는 의자에 기대 앉아 밖을 내다보면 담장처럼 조밀한 측백나무 위로 동네 사람들 머리가 나타났다 숨었다 한다. 그의 아내가 커피를 담아다 준 따뜻한 꽃무늬 잔을 들고 솔솔 부는 초가을 바람에 잠시 넋을 잃었던 기억이 아직도 생생한데, 그가 또 이사를 했다고 한다. 북악산이 내다보이는 마당 품은 집으로.

한여름, 토요일 오후, 지루한 정체를 뚫고 어느 틈에 길이 한적해진다. 길은, 마치 가지 많은 나무처럼 갈리고 또 갈리며 미로처럼 이어지고, 길rk에는 각양각색의 얼굴로 어깨를 나란히 한 대문들이 다닥다닥하게 혹은 으리으리하게 각자의 지붕을 지키며 인적을 기다리고 있었다. 그 길 끝에 다다르자 어느새 발밑이 아스라한 언덕배기, 가꾸지 않은 공터 곁에 나직이 선 낡은 나무 대문이 인적을 반기며 빼꼼히 열린다. 따뜻한 꽃무늬 커피 잔 같은 그의 아내가 좀처럼 늙지 않는 미소로 나를 반긴다.

그 옛날, 나무 계단을 지나 디딤돌 서너 개를 건넜듯

이 친절한 나무 대문을 지나 서너 개의 공간을 살폿 살폿 건너서니 이윽고 비밀의 정원이 베일을 연다. 그 집에 들어가지 않으면 볼 수 없는 숨겨진 공간, 어른 걸음 다섯 보면 넉넉히 대각선을 그을 수 있는 요람 같은 마당에 그 높이를 가늠하기 어려운 세 개의 기둥, 적송이 조상(彫像)처럼 버티고 섰다. 집이 생겨나기 전부터 그 자리에 있었다는 적송은 용케도 지금까지 그 자리를 견디고 서서 정직한 삼각구도로 북악산을 대면하고 있었다. 마당이 통하는 길목, 6인용 식탁이 펼쳐진 부엌은 그 옛날 어떤 산길이었을까. 내가 앉아있는 식탁 의자 밑으로 적송의 뿌리가 지나간다. 적송의 그 붉은 뿌리가.

나는 손이 자주 험하다. 손이 작고 오롯해서 잘 간수하면 '손 이쁘다'는 말을 들음직도 한데 잘 간수를 못하고, 문제는 '손 이쁘다'는 말에 그다지 애달지 않는다. 설거지를 할 때 고무장갑을 끼면 답답하고 김치를 썰 때나 나물을 무칠 때도 맨손이어야 제 맛이 나는 듯하다. 전구를 갈거나 못을 박는 일은 기본이요, 톱질을 하거나 드릴로 벽을 뚫거나 시멘트를 바르거나 하는 일도 맨손으로 한다. 요즘 흠뻑 빠져 있는 비즈 공예나 나의 보물 1호 재봉틀을 끼고 앉아 바느질을 할 때, 철사에 베이거나 바늘에 찔리는 일은 일일이 아파할 틈도 없이 부지기수고 키우는 개들의 털을 깎아줄 때 개의 것이 아닌 나의 손톱을 아주 깔끔하게 베어 버린다거나 갑작스레 마음이 변해 무거운 가구를 '초능력'으로 옮길 때, 손이 최대의 희생양이 되는 것은 그저 일상에 불과한 일이다. 그리하여 내 손은 그날 무슨 일을 하였는지를 숨길 수 없게 하는 '들고 다니는 일기장'이 되었다.

아파트 1층에 딸린 손바닥만한 정원을 밟고 온 이후로 나의 손은 더욱 특별한 일에 쓰여졌다. 두 개의 손을 마주 대고 기도하기 시작한 것이다. 마당 있는 집에 살게 해 달라고, 마당 깊은 집에 살게 해 달라고. 그리고 몇 해 지나 나는 소원 성취했다. 우렁찬 모과나무와 점잖은 소나무가 서로를 마주보는 너른 마당이 기도 끝에 내게로 온 것이다. 마당 있는 집에 살게 되자 나는 마당을 깊게 하기 위해 분주히 손을 움직였다. 눈 녹기를 애타게 기다려 봄이 오면 먼저 잡초가 돋아난다. 잡초는 단비를 먹고 삽시간에 무성해진다. '잡초'라 이름 붙어 그렇지 그들 또한 한 생명인지라 가만 보면 제 나름의 꽃들을 공들여 피워 낸다. 하지만 다른 것들의 자리를 옥죄어 끝내 땅을 독식하는 못된 버릇을 고치지 못해 나는 눈 딱 감고, 봄볕에 진종일 나가 앉아 잡초들을 뽑는다. 그럴 때 나는 맨손으로 한다. 잡초들은 뿌리도 깊어서 어떤 놈은 죽어라 안 나온다. 손톱으로 땅을 후벼 파서라도 그놈들을 뿌리뽑는다.

텃밭에, 채소들은 모종을 사다 심는데 역시 맨손으로 한다. 애기쟁기(쟁기 모양의 작은 텃밭갈이 기구를 나는 그렇게 부른다)로 밭을 일구고 호미로 솔솔 파서 모종을 심은 다음 맨손으로 다독다독 두드려준다. 유월에 가장 시끄러운 장미는 몇 송이씩 따다가 집 안에 들여놓는데 장미 가시에 손을 다치는 일쯤은 정말 별것도 아니다. 가을도 다가고 겨울 바람이 불면 튤립이나 히야신스 같은 구근들이 얼어 죽지 않도록 뿌리를 도로 파내야 하는데 호미를 잘못 쓰면 구근이 다쳐서 그 또한 나는 맨손으로 한다. 그리하여 마당 있는 집에 살면서부터 내 손은 자주 흙물이 들었다. 손끝이 그 서글서글하고 촉촉한 흙의 감촉과 맞닿는 순간 나는 행복하다. 호미나 갈고리로 흙을 다루면 이따금 통통한 지렁이가 아프게 꿈틀한다. 맨손으로 흙을 만지면 땅을 숨쉬게 해주는 지렁이를 다치게 할 리 없다. 손끝의 말초신경이 불현듯 통통한 지렁이를 감지할 때 깜짝 놀라면서도 얼른 안도한다. 그 순간이 너무도 감사하고 기쁘다. 아, 나의 손. 내가 갖고 있는 내 몸의 모든 기관 중에서 가장 자랑스러운 것이 바로 나의 손이다. 그리고 내가 알고 있는 내 주변의 모든 사람들 중에서 가장 자랑스러운 사람, 그 사람을 나는 '손 선배'라 부른다.

그리움이 계절처럼 찾아와 여름을 거치고 있었다. 장마가 잠시 주춤하자 나의 그리움은 좌회전 신호대기에 이르렀다. '문화방송'이라는 이정표가 마치 횡단보도에 선 사람들처럼 지루한 표정으로 해 아래 걸려 있었다. 갑자기 모든 것이 생경스러워지며 이방인처럼 나는 좌회전을 했다. 이윽고 문화방송 사옥에 당도하자 아직도 거기에 있어 주는 옛 얼굴들이 설핏 나를 아는 척해 준다. '아저씨들'의 안부가 궁금했지만 이제는 '경계'의 '정복'을 하고 선 '요원'들이기에 그저 목례만 간단히 했다. 내 그리움의 대상이 최대한 가까워진 상태였다. 두리번거리자 언제나 같은 가르마의 언제나 같은 길이, 언제나 반듯한 그의 머리칼이 토요일 오후 나긋한 햇살을 이고 성금성금 다가왔다. 언제나 그렇듯이 뒷짐을 지고서, '성큼성큼'이 아니라 '성금성금'.

두 번 사양도 않고 나는 그가 사 주는 점심을 한껏 얻어 먹으며 그리움의 보따리를 풀었다. 멀어진 시간을 당기는 일은 때론 의자를 당기는 일만큼이나 쉽다. 또 한동안 못 볼 것을 대비하듯 나는 못 보는 사이에 일어난 일들은 물론 앞으로 곧 일어나리라 짐작되는 일까지 모조리 보고했다. 그가 만약 체했다면 그건 '밥' 때문이 아니라 '말' 때문일 것이다. 식사가 끝남과 동시에 나의 보고는 일단락되었다. 이제 그가 의자를 당길 차례였고, 그와 나는 '이동' 했다. 벌써 열두 살이 되었다는 민주를 만나기 위해서.

그의 작은 아이 민주를 나는 두 살 때 처음 보았고 여섯 살 때 마지막으로 보았다. 열두 살이 된 그 아이는 목동의 어느 횡단보도에서 아버지를 기다리고 있었다. 그가 알려 주어서야 나는 비로소 민주를 민주로 알아볼 수 있었다. 나는 민주를 민주의 또 다른 이름, '구민!' 하고 불렀다. 나를 보자 민주가 당혹스러워 한다. 아버지한테서 미리 말을 들었지만, 예전에 보았던 '허수경 아줌마'를 단박에 알아보진 못했기 때문이다. 머쓱해 하는 민주를 태우고 그의 집으로 향하는 길, 고등학생이 되었다는 큰아이 구용이를 상상하며 손 선배는 어찌 그리 늙지도 않으실까…… 하는 생각에 운전하는 그의 옆모습을 흘깃흘깃 자꾸 보았다. 자꾸 보니, 그럼 그렇지…… 주름이 아주 없지는 않다. 그의 아내, '언니'는 얼마나 늙었을까? 혹시 하나도 안 늙지는 않았을까?

그를 처음 '본' 것은 그가 문화방송에 입사한 1984년 어느 날의 브라운관이었겠지만, 그를 처음 '만난' 것은 1989년, 내가 처음 방송을 시작했을 때, 문화방송 로비의 현금인출기 앞에서였다. 그는 나의 아버지가 늘 칭찬만 하시던 두 사람의 아나운서 중 한 사람이었다. 사각의 틀 안에서 항상 같은 표정과 같은 목소리로 틀림없이 '틀림없을

것 같은' 뉴스를 전달하던 그를 '부분' 이 아니라 '전체' 로, '뉴스' 가
아니라 '일상' 으로 발견한 신선한 순간이었다. 그는 당연히 나를 몰랐
고 나 또한 속으로만 아는 척했다. 그렇게 얼마간의 시간이 흘렀다. 수
습 기간은 다 끝나가는데 나의 일은 뾰족한 수가 없었다. 간간이 들어
오는 아침 방송 리포터가 가뭄의 단비 같은 나의 실적이었다.

　그때 그의 아내도 처음 만났다. 당시 아침 방송은 대부분 생방송
이었고, 각각의 취재 리포터들이 나와 릴레이식으로 진행하는 형식이
었다. 문화방송의 아나운서였던 그의 아내는 종종 나와 겹치는 날이
있었기 때문에 생방송을 위해 새벽부터 나와 방송을 준비하던 그녀의
유난히 하얀 얼굴과 언제나 짧았던 앞머리를 나는 인상 깊게 기억하게
되었다. 물론 그와 연애한 사람이 그녀였었는지, 그맘때 언제쯤인가
그와 결혼한 신부가 그녀였었는지 나는 전혀 몰랐지만 말이다.

　아나운서가 아닌, 문화방송의 독특한 전략으로 선발한 '교양 및
오락 프로그램의 전담 진행자' 였던 나는 비록 뉴스는 꿈꿀 수 없었으
나 리포터로 머무는 것이 아닌, 프로그램의 정식 진행자로서 바로 서
고 싶어 했다. 그러기 위해서는 '새 얼굴' 이 지닌 잠재력을 보여줄 만
한 '기회' 가 많아야 하는데 그것이 결코 쉬운 일은 아니었다. 의기소
침해 있을 때 희소식이 들려왔다. 노조원들이 파업을 했다는 것이다.
아침 방송의 대부분의 코너들은 우왕좌왕했다. 당시 '연예인' 이 메인
MC였던 아침 방송은 진행자를 임시 교체하는 어려움은 피할 수 있었

으나 '리포터 난' 이 시작되었다.

　나는 거의 매일 불려다니기 시작했다. 하루 취재하고 밤새 편집하고 새벽에 원고 쓰고 아침에 생방송을 하고, 방송 끝나면 곧장 또 취재가고 밤새 편집하고 새벽에 원고 쓰고 또 방송하고…… 그렇게 하루 하루가 쌓이자 스태프들은 비로소 나를 주목하기 시작했다. 그리고 드디어 나는 '생방송에 강하다' 는 신뢰를 바탕으로 당시 화요일마다 생방송으로 진행되었던 MBC의 간판 쇼 프로그램 '화요일에 만나요' 의 메인 MC로 전격 캐스팅되었다. 정말 꿈 같은 일이었다. 비록 그 꿈은 성장을 위한 고통의 첫 단추였지만.

　화려한 의상을 입고 미스코리아 머리를 하고 고작해야 틀리지 않고 방송국 주소를 대는 것이 내 역할의 전부였던 1년간의 고통은 다시는 곱씹고 싶지 않은 우울한 이력이지만, 과감히 첫 단추를 풀고 내가 원하는 옷을 선택해 제대로 갖춰 입게 한 강력한 계기가 되었기에 이제는 돌이켜 봐도 아주 나쁜 기억만은 아니다. 마이크를 놓고 한 달의 휴식 끝에, 애초 리포터로 뼈가 굵은 나는 하루 종일 취재해서 매일 저녁 8시, 딱 5분간 방송되는 '정보 데이트' 를 맡아 그야말로 신명나게 2년간 진행했다. 1992년, 유난히 길고도 뜨거웠던 여름, 나는 매일 문화방송 현관 앞 '민주의 터' 를 가로지르며 그를 보았다. 그리고 엘리베이터 앞에 서서, 내려오는 층 수를 헤아리며 공정방송 쟁취를 위한 북소리와 노래소리, 노조원들의 실낱 같은 희망의 외침들을 나는 매일매일 외면하는 척 귀 기울였었다. 그해 10월, 그는 결국 '고척동 담장' 안에 묶였다. 그리고 한동안 나는, 아니 대부분의 사람들은 그를 보지 못했다. 그런데, 생각지도 못했는데……. 해를 넘기고 1993년 5월, 문화방송 교양제작국에서 나는 그를 다시 만나게 되었다.

나의 '생생하다'는 현장 리포팅은 중계차를 타고 팔도를 돌며 '생방송으로 집을 고치는' 전무후무한 아이템에 투입되었고 그는 스튜디오에 앉아서 나를 돌리는 메인 MC가 되었다. '선택, 토요일이 좋다'의 첫 방송을 앞두고 나는 그와 처음, 아주 가까이에서 말을 주고받았다. 그가 한 말은 '잘해 봅시다'였고 내가 한 말은 '네!'였다. 파업도 끝났고 포승줄도 풀렸지만, 한동안 서성일 수밖에 없었던 그로서는 '선택'의 여지없는 강권에 의해 '토요일이 좋다'고 믿어야 할 판국이 결코 즐겁지만은 않았을 터이다.

뉴스에 관한 한 추종을 불허하는 손석희였으나 수갑을 찬 채 푸른 수의를 입고 여의도 아파트 담장에, 서울역에, 명동에 나부꼈던 그의 얼굴을 아무 일 없다는 듯 사각의 틀 속에 재현시키는 것은 당분간 사측의 부담이었으리라. 그는 '궁극적으로는 풀어지지 않는다'는 전제 하에 '뉴스'에 대한 고집을 풀었다. 그렇게 해서 노조원들의 파업으로 적잖은 이문을 챙긴 나는 감옥 신세까지 짊어졌던 그로부터 '바른 방송'이라는 붉은 열정을 조금씩 훔치기 시작했다. 그리고 얼마 지나지 않아 그와 나는 짝이 되었다. '생방송, 아침 만들기'에서.

몇몇 사람들은 아직도 기억하는, 나의 정치적 발언이나 내 나름의 '중립'으로 겪었던 고초들이 적잖이 있다. 그는 아직도 내가 어떻게 그런 칼을 휘둘렀는지 놀라워하는 눈치다. 바른 정치를 위해서는 바른 방송이 필수되어야 하며 바른 방송을 위해서는 바른 입이 도처에서 끊임없이 들끓어야 함을 나는 그에게서 배웠다. '중립'이란 '가운데'가 아니라 '정의'임도 그를 통해서 깨달았다. 바른 입이 들끓지 않아서, 그저 '가운데'에서 갈팡질팡하는 꼴이 도저히 보기 힘들어서 텔레비전 리모콘과 결별한 지 오래지만 가끔 그의 방송을 보면 나는 후련하다. 그리고 안쓰럽다. 혼자서 여러 몫을 하느라 입이 닳을까 봐.

아직도 나의 '고초'를 기억하는 몇몇 사람들은 '외압'으로 물러나 더 이상 문화방송의 문턱을 넘지 못한다고 생각하기도 하는 모양이다. 그러나 정직하게 말하면 외압은 없었고, 그 일은 이혼을 준비하기 위해 이미 방송을 떠나기로 마음먹은 뒤에 일어난 일이었다. 두려움이 없었기에 '정의'를 '필터' 없이 전할 수 있었다. 아마도 그때가 나의 방송 경력 15년 가운데 가장 순결한 순간이었다고 나는 생각한다. 미국으로 떠나기 전까지 당시 사옥을 지키던 주차장 아저씨들은 매일 나를 보며 고마워했고 많은 시민들이 넘치도록 격려 전화를 주었다.

그는 농담 삼아, 미국으로 떠나는 길, 공항에서 환송회가 펼쳐질지도 모르겠다며 웃었다. 물론 내 표적이 된 한쪽에서는 항의 전화를 퍼부었지만. 지금은 고인이 된 이득렬 사장님과 저녁 식사를 나누며

'좀 더 연륜이 붙으면 피해 가는 요령도 터득할 것' 이라는 금언을 새기고 나는 미국으로 떠났다. 그리고 얼마 후에 그도 미국으로 떠나 왔다.

　'목동 아파트 십일 층 내 집의 베란다에서 이제는 동료들이 모두 벗어난 고척동의 하늘을 보면 구십이 년 가을과 겨울의 모든 것이 되살아난다. 운동 시간에 구치소 마당에서 목이 꺾여져라 올려다봤던 비행기들은 여전히 그 위를 날고, 나는 지금도 그곳에 묶여 있을 모든 이들을 떠올릴 정도로 넓어진 내 사고의 지평에 감탄하면서 안성일 전 위원장이 보내왔던 편지의 구절을 다시 기억해 내곤 한다.'
　– 손석희 저《풀종다리의 노래》중에서

　자유의 몸이지만 자유의 몸이 아니었을 때보다 더 자유롭지 못한 세상을 그는 잠시 벗어나고 싶었을 것이다. 고척동 운동장에서 목이 꺾여져라 올려다보았던 바로 그 비행기에 그는 몸을 실었다. 아내와 두 아들을 모두 끌어안고. 그때도 그는 파업 당시 해고 상태에 있었던 안성일 전 노조위원장의 편지를 다시 떠올렸을지 모른다. '진실은 단순해서 아름답고 단지 필요한 것은 그것을 지킬 용기뿐이 아니던가.'
　그리하여 나는 뉴욕에, 그는 미네소타에 머물게 되었다. 그리고 우리는 그 넓은 미국 땅을 가로질러 세 번 조우했다.
　첫 번째, 내가 그와 그의 식구들이 머물고 있는 미네소타에 갔을 때, 나는 기진맥진해 있었다. 이혼은 결혼보다도 더 힘든 일임을 그때 처음 알았기 때문이다. 나는 지금도 얼마를 살고 헤어졌든, 그 험난한 이혼의 과정을 감내했다면 분명 최선을 다해 살았던 부부라고 단언한다. 정신을 잃지 않으려고 나는 최대한 씩씩했지만 그와 그의 아내는 나의 진실을 간과할 리 없었다. 미네소타에서 묵은 첫날, 나는 밤새 울었다. 부부가 자는 방과 두 아들이 자는 방 가운데서 그들 부부는 자신들의 침실을 내게 내어 주었다. 전 남편이 가장 싫어했던 세 가지, 짧은 머리와 운전, 그리고 담배. 그 세 가지 중에 두 가지는 이미 했고 남은 한 가지, 담배 피우는 일을 이혼을 준비하는 과정에서 나는 시작했다. 내 주변의 모든 사람들이 나와 어울리지 않는다고 해서 나는 더욱 했고, 술처럼 담배도 몸에 맞지 않아 구역질을 해대면서도 나는 나의 '정해진' 틀을 깼다. 그들 부부의 침실 창으로 목을 내놓고 미네소타의 낯선 밤바람을 맞으며 어질어질하도록 담배를 피웠다. 끝까지 모른 척해주는 그들 부부가 너무 고맙고 또 미안해서 나는 밤새 울었다. 잠을 뒤척이고 홀로 일찍 일어나 화장실을 가는데 아이들 방문이 열려 있었다. 좁은 방 벽에 붙은 이층 침대에선 두 아들이 곤하게 자고 부부는 바닥에 요 한 장 깔고 웅크려 자고 있었다. 나는 욕실에서 퉁퉁 부은 눈을 찬물로 박박 씻었다. 지척에서 부부가 일어났다. 나는 맑게 갠 얼굴로 그저 잘 잤다고 했다. 며칠 후 나는 미네소타를 떠났다. 내 짐이 가득 담긴 집채만한 트렁크를 그곳에 남겨두고.

잠시 한국에 들어와 이혼 서류를 정리하고 나는 미네소타로 날아가 트렁크를 찾은 다음 다시 뉴욕으로 갔다. 집채만한 트렁크는 뉴욕에 한동안 풀어져서 새 삶을 일구기 시작했다. 그럴 즈음 그들 부부가 아이 둘을 이끌고 뉴욕에 왔다.

뉴욕의 맨해튼 59번가, 내 작은 방 안에 그들 네 식구가 꽉 들어찼을 때 나는 모처럼 행복했다. 다만 그들에게 내어 줄 수 있는 더 이상의 방이 없어 안타까웠다. 그때 여섯 살이던 그의 작은 아이 민주는 열두 살이 되어서 만나는 나를 '뉴욕의 방 하나에 살던 아줌마'로 기억한다. 지금은 거짓말처럼 사라진 맨해튼 트윈빌딩 꼭대기에서 우리가 모두 함께 찍은 한 장의 사진, 그것은 설혹 그곳에 간다 해도 다시는 똑같이 찍을 수 없는 불멸의 편린이 되었다. 뉴욕시립도서관에서 그가 내게 선물해 주었던 문진, 가파르게 이어지는 계단 위의 사람들이 투명한 볼록렌즈 속으로 확대되어 보이는 그 묵직한 반원의 문진처럼 바람결에 나의 신념이 자꾸 흩어질 때마다, 내 삶이 자꾸 되넘어 올 때마다, 언제나 같은 무게로 그는, 그리고 그의 아내는 나를 지지해 주었다. 곁에 있든, 곁에 없든간에.

6인용 식탁에 앉아 따뜻한 꽃무늬 잔에 커피를 담아 마시며 그의 아내가 말한다.

"적송은 나무비늘이 잘 벗겨지지가 않는대. 원래 우리나라 소나무는 그렇대. 마당 있는 집에 살고 싶어서 얼마나 많이 보러 다녔는지…… 값을 맞추기가 여간 힘들어야지. 이 집은 낡고, 언덕배기에, 모가 난 마당이지만 저 소나무를 보고 무조건 맘에 들었지. 어떻든 여기 앉아 저 소나무를 보고 있으면 참 좋아.”

그녀는 어쩌면 마당의 적송을 보고 있는 것이 아니라 그녀 앞에 마주앉은 남편의 붉은 열정을 보고 있는 것일지 모른다. 꽃무늬 잔을 내려놓으니 뉘엿뉘엿 해가 진다. 나무 대문 앞에서 꼬리를 흔드는 누렁이를 몇 번인가 쓰다듬고 이내 길을 나섰다. 지붕보다 훨씬 높은 적송의 푸른 깃발이 뒷짐을 지고 나를 배웅한다. 이유를 알 수 없게 내 어깨가 단단해진다. 타협하지 않았기에, 나의 삼십대는 오히려 빛났다. 굴복하지 않았기에, 그의 사십대는 오히려 젊었다. 이제 낼모레면 나는 타협 없이 마흔이 되어 굽히지 않을 것이며 그는, 굽힘 없이 쉰이 되어 곧게 설 것이다. 우리가 모두 우러르는 저 붉은 소나무처럼.

손석희

옥양목 이불 홑청만한 마당을 품고 사는 것, 메밀 베갯속 같은 사람을 품고 사는 것, 대청마루에 내걸린 대나무 발이 간혹 듬성거려서 해를 다 가리지 못한다 해도 아직은 버리지 못하는 ‘연민’을 지니고 사는 것, 그것이 나의 세 가지 소망이다. 한가한 어느 여름이 느릿느릿 적송의 그늘을 눕히는 오후, 대나무 발처럼 주름진 얼굴로 옥양목 이불 홑청만한 마당을 내다보며 나는 그리워할 것이다. 메밀 베갯속 같았던 사람들을.

등에 지고 가는 목마름

전 인 권

154

전인권

그때 아내와 처음 만났던 순간을 회상하며
표현하기를 '세상의 모든 별들이 내 몸에 달라붙는
느낌'이었다고 했다. 나는 그 말을 듣는 순간 나도
모르게 아, 그런 사랑 한번 해봤으면! 하고 되뇌었다.
그렇게 두 사람은 단번에 결속되어 20년이라는
세월을 부단히 사랑하며 살아 온, 참으로 아름다운
커플이었다. 그러나 그다지 드러나지 않았던 그래서
매순간 어려움이 닥쳐올 때마다 '사랑'이라는
울타리를 있는 힘껏 옥죄어 버텨냈던 아내의
속마음을 또 어느 누가 다 헤아리겠는가.

전인권

파주엔 나의 큰 고모 댁이 있었다. 어려서 서
너 번쯤 가 보고는 다 커서 혼자 찾아간 적이 없어
파주에 들어서서도 고모 댁 대문 앞까지 가는 길은
여태 모른다. 한 번 가보려고 했으나 내가 참 좋아했
던 그 고모님은 하필 내가 그렇게 마음먹었을 때 돌
아가시고 말았다.

어려서 아버지 손에 이끌려 그저 따라만 갔던 시골
길. 그 길이 그대로만 있어 준다면 그 풍경을 좇아
한번 가봄직도 한데, 이제는 고모도 안 계시고 그 풍
경도 없다.

원래 그 길은 빼곡하게 나무가 들어찬 산자락을 끼
고 바다처럼 펼쳐진 논길을 따라 굽이굽이 걷는 길
이었다. 버스에서 내려 가까스로 참은 멀미를 토해
내면 기력이 하나도 없이 아버지를 따라 그 길을 겨
우겨우 걸었다.

서너 번 중에 한 번은 막차를 타고 한밤중에 도착했
는데 논길을 따라 보초처럼 줄 지어 서 있는 나무들
이 꼭 귀신 같아서, 기력이 없음에도 불구하고 아버
지 손만은 단단히 잡고 걸었던 기억이 난다. 그때 너

무 놀라 하마터면 아버지 손을 놓칠 뻔했는데, 귀신
들을 안 보려고 산 쪽으로 고개를 돌리고 걷다가 갑
작스레 더 무서운 귀신과 정통으로 마주쳤기 때문이
다. 허리가 최대한 굽고 머리를 사방으로 퍼뜨리고
어깨는 불현듯 나를 향해 휜 시커먼 소나무 귀신이
었다. 너무 갑자기 마주친 만큼 지나치기도 순간이
었지만 그 여운은 꽤 오래 갔다.

이틀 후 한낮이 되어 집으로 돌아가는 길에 나는 아
버지보다 앞서 걸으며 그 나무를 다시 보았다. 산자
락에 걸터앉아 허리를 깊이 숙이고 굳건한 초록을
발산하며 한밤중에 내가 걸어왔던 그 길을 여태 내
다보고 있었다. 나를 전혀 모르는 그 소나무는 그
곁을 지나쳐 내가 멀어지도록 내 얼굴을 못 보고 말
았다.

그 나무가 계속 거기 있었다면, 묻고 싶다. 내 어릴
적 뒷모습이 어땠는지.

'소나무'와 '소나기'라는 말을 좋아하게 되었던 어
린 시절의 단상이 그를 보니 떠오른다.

지구 위에 있다는 것을 망각하는 순간이었다. 전인권의 콘서트 현장. 쾌속 질주하는 열차처럼 가차없이 내뿜는 소리와 온몸을 두드리는 윤활한 연주. 그리고 비현실적인 조명······. 객석을 꽉 메운 지구인들은 모두 공중에 떠 있었다. 그런데 문득 그가 소리를 멈추었다.

일순간 고요해지고 조명은 하나로 모아져 그의 머리카락 한 올 한 올 사이를 투과한다. 그가 곁에 있는 의자를 당겨 편안히 앉는다. 그리고 이야기를 시작한다.

"제가 내년이면 쉰 살이 돼요. 그런데 전 신경 쓰지 않거든요. 그러니까 여러분도 신경 쓰지 마세요."

달뜬 관객들은 저마다의 의자에서 환호를 한다.

잠시 침묵이 흐른다.

그는 허리를 굽혀 발밑에 놓인 하얀 종이를 잠시 들여다 본다. 그리고 다시 이야기를 시작한다.

"나이가 들면 딱 하나 안 좋은 게 있는데······. 건망증이 생겨요."

객석에서 웃음이 터져 나왔다.

자신이 얘기할 것을 '깜빡' 하지 않도록 조목조목 적어놓은 그 하얀 종이는 공연 중간마다 있는 토크 시간에 매우 유용했다. 특히 2003년, 단독 콘서트로는 마지막이었던 12월의 연강홀 공연에서는 더욱 그랬다. 그는 한 해의 마지막 공연에서는 늘 지난 시간을 돌이켜 보는 시간을 갖기 때문이다.

"참 기분이 좋아요. CF도 찍었고! 공연도 다시 하고……. 그래서 식구들이나 주변의 친척들도, 저를 보는 표정이 달라졌어요. 옛날에는 저 때문에 고생을 많이 했거든요. 제가 여러 모로 유명해져서 다들 덩달아 오르락내리락했는데 요즘엔 저를 보면 막 미소를 지어요."

그가 하얀 이를 드러내며 웃자 객석도 웃음바다가 되었다. 그때 그가 한마디를 덧붙였다.

"더 기분 좋은 건, 새 앨범이 나왔다는 거예요. 그 동안에 3천 회를 공연했는데 맨날 같은 노래만 불렀거든요. 순서만 조금 바꿔서. 그런데 이제부터는 새로운 노래를 부를 수 있어서 너무 좋아요."

객석에서 박수가 터져 나왔다. 그가 들국화 해체 후 14년 만에 내놓은 3집 앨범 타이틀 곡 '다시 이제부터'를 마음껏 열창할 때 나는 단 두 번 들은 노래를 따라 부르며 함께 열창했다. 물론 그는 연일 공연으로 지쳐 있었고 더구나 그날은 마지막 회였기 때문에 더욱 그의 목소리는 곧 터져버릴 것 같았다. 그러나 그의 말대로 그런 건 전혀 '신경 쓰이지' 않았다.

목 상태가 좋은가, 그렇지 않은가의 문제는 어떤 화가의 감동적인 그림에 대하여 액자가 마음에 드는가, 들지 않는가의 문제일 뿐이었다. 그는 이미 물리적 평가를 뛰어넘은 아티스트이기 때문이다.

공연이 끝나고 이틀째 되던 날 우리는 만났다. 변함없이 먹색 재킷을 입고 여전한 사자 머리에 검은 선글라스를 낀 모습이다. 그가 활짝 웃으며 나를 반겨 준다. 며칠 쉬지도 못하고 인터뷰에 끌려 나온 그가 활짝 웃어 주니 고마웠다.

"공연 잘 봤어요. 아직도 그 감흥이 떠나질 않네요."

"그래요? 나는 그날 대기실에서 수경씨가 강아지한테 정신이 팔려 있길래 약간은 서운했는걸요."

하하하. 사실 그건 아주 틀린 말은 아니었다. 인터뷰 약속 장소를 정하기 위해 공연이 끝나고 대기실로 갔는데 마침 스태프 중 한 사람이 데리고 온 강아지가 있었다. 게다가 그 강아지는 어린 삽사리여서 잠시 정신을 빼앗기게 되었다. 그 사이 그가 팬 사인회 때문에 급히 나가게 된 것이다.

"어머나, 그러셨어요? 죄송해요……. 덕분에 제 동생한테도 혼났어요."

그날 공연에 나는 막내 동생과 함께 갔었다. 왜냐하면 그 아이는 전인권의 '전' 자만 들어도 쓰러지는 아이이기 때문이다. 동생 얘기를 그에게 들려 주었다.

"제 막내 동생이 중학교 다닐 때였는데 어느 날 집에 와서는 저한테 비밀 얘기를 하나 해 주겠대요. 원래 저희 아버지가 사춘기 아이들의 문화 생활에 대해서 상당한 편견을 갖고 계신지라 그와 관련된 일들은 모두 비밀리에 이뤄졌거든요. 알고 보니 글쎄 막내 동생이 삼청동 판잣집엘 갔다 왔다는 거예요. 그때 들국화 판을 어디서 어렵사리 구

전인권

해 가지고 와 혼자 몰래 듣고 그랬는데, 댁까지 찾아갔었다니 정말 깜짝 놀랐죠. 그래서 전인권 형님을 만났느냐고 물었더니, 따님을 봤다고 해요. 어머머, 어떻게 생겼느냐고 물었죠. 그랬더니 동생이 하는 말, '아빠랑 똑같아!' 그러는 거 있죠."

"하하하. 맞아요. 나랑 똑같이 생겼어요. 얼마나 이쁜지 몰라요."

그는 휴대폰에 저장된 딸의 사진을 보여주었다. 사진을 보는 순간 나는 탄성을 질렀다. 동생의 말을 통해 상상해 온 딸의 모습과는 완전히 딴판으로, 너무 예뻤기 때문이다.

"어머나, 엄마 닮았나 봐요."

"아니라니까요. 눈도 나랑 똑같고 생각하는 거나 행동하는 거나 나랑 참 많이 비슷해요. 나는 이 세상에서 제일 무서운 사람이 내 딸이에요."

그 딸의 나이가 벌써 스물둘이란다. 그야말로 이젠 다 컸다.

"남자친구도 있겠네요?"

"네, 있더라구요. 말을 안 해서 몰랐는데 한번은 공연할 때 얘가 왔거든요. 오면 보통 앞에서 두 번째 줄 정도에 앉아요. 그래서 무대에서 볼 수가 있거든요. 그런데 그날 가만 보니까 남자랑 왔더라구요. 그래서 집에 들어가서 슬쩍 물었더니 실토를 하더라구요."

"그래서 뭐라고 하셨어요?"

"전 그런 건 아이 스스로 알아서 할 문제라고 생각하기 때문에 별로 덧붙일 말은 없었는데 한 가지만 짚고 넘어갔죠. 좀 더 잘 생길 순 없겠냐고."

"그랬더니 뭐래요?"

"잘 생겼다고 막 우기더라구요. 하하."

"어느새 딸이 다 커서 남자친구도 사귀고……. 이젠 조금씩 부모 품을 떠나는구나, 그런 서운한 생각은 안 드셨어요?"

"저는 그런 건 잘 모르겠어요. 우리 아이들은 딸도 그렇고 아들도 그렇고 다 친구 같아요. 부모니까, 자식이니까 어때야 한다, 그런 것 없구요, 그냥 자유 의지에 맡겨요. 특히 큰애는 마음이 너무 깊어서 어떤 때는 저를 막 휘어잡아요. 그래서 제일 무서운 사람이라니까요."

그 무서운 딸의 속 깊은 생각을 알 수 있는 일화가 있다.

아빠가 어느 날 갑자기 감옥에 가게 되었다. 마약사범으로 말이다. 그래서 엄마는 한창 사춘기인 딸에게 말했다. 오늘은 학교에 가지 말라고. 그러자 딸이 대답하기를, 단지 사람들이 아빠를 잘못 이해하고 있을 뿐, 자신이 학교에 안 갈 이유는 없다고 했다. 그리하여 딸은 그날도 학교에 갔다.

그런 딸을 보며 아빠는 내 딸이 1천 번의 죄를 지어도 1천 한 번을 잘 해줄 거라고 다짐했다.

"우리 집은 월요일, 목요일, 일요일. 이렇게 일주일에 세 번은 무슨 일이 있어도 저녁에 밥을 같이 먹어요. 그건 무슨 일이 있든 절대로

전인권

지키기로 약속한 거거든요. 그런데 큰 애가 두 번 약속을 어겼어요. 그래서 제가 막 화를 냈죠. 제가 화내면 엄청 무섭거든요."

"화 안 내도 무서우실 것 같은데요. (웃음)"

"아니. 진짜루요. 화내면 너무 무서운데 우리 딸은 미동도 안 해요. 조용한 목소리로 저를 가만 가만 다독이면서 '아빠, 이게 이렇게 되고 저렇게 된 거예요' 하면서 내 생각엔 말도 안 되는 이유를, 너무도 자신만만하게 조목조목 설명을 하면서 나긋나긋하게 화를 풀어 줘요. 전 정말이지, 이길 수가 없다니까요."

"그럼 아들은 어때요? 딸하고는 좀 다르죠?"

"걔도 날 닮았어요. 근데 반항아 기질을 닮았어요. 지금 열세 살인데 한창 사춘기잖아요. 어유⋯⋯."

"옛날 자신의 모습을 보시겠네요?"

"네. 그렇죠. 요즘엔 아들한테도 매일 당해요."

"어떻게 당하세요?"

"우리 아들이 원래 조용하고 좀 내성적인 편이었는데 어느 날부턴가 막 까불고 그러더라구요. 그래서 요즘 왜 그렇게 까부냐고 그랬더니 그 녀석 하는 말이 '옛날엔 제가 세상을 몰랐죠' 그러더라구요. 아무튼 말을 어찌나 멋있게 하는지, 나 말고도 우리 집에 드나드는 사람들은 다 한번씩 당했어요."

"집에다가 몰래 카메라 설치해 놓으면 그야말로 시트콤이겠네요.

집에서는 차림이 어떠세요?"

"똑같아요. 머리도 이렇고 선글라스도 끼고 반바지 입고 왔다 갔다 해요."

상상을 하자니 웃지 않을 수가 없다.

외모로 보나 직업으로 보나 범상치 않은 아버지와 결코 만만치 않은 두 아이들. 그리고 몇 해 전까지는 그 사이에서의 아름다운 조율을 담당했던 아이들의 어머니. 생각이 거기에 미치자 웃음보다는 문득 안쓰러움이 밀려왔다.

"아내와 헤어지셨잖아요. 솔직히 전 이해가 잘 안 됐어요. 20년을 함께 살아 오셨고 그간에 보통 사람들은 겪기 힘든 온갖 일을 다 감당하셨고 아이들도 너무 이쁘게 잘 컸고 나이도 있고. 그런데 왜 헤어져야만 했을까."

"어느 날부터인가, 그 실체를 명확하게 알 수는 없지만 아내가 조금씩 자신의 것을 만들어 가고 있다는 느낌이 들었어요. 그러다가 불현듯 떠나 버렸지요. 그리고는 저한테 이혼을 제안했는데, 그 이유가, 이젠 자신의 인생을 찾고 싶다, 였어요. 처음에는 너무 화가 나서 용서가 안 되더라구요. 다른 건 몰라도, 물론 나 때문에 고생 많이 했지만 우린 정말 서로 없어서는 안 되는 사람들이거든요. 그걸 누구보다 잘 아는 사람이 자신의 인생을 찾겠다니 납득이 안 되더라구요. 그래서 절대로 헤어질 수 없다고 끝까지 버텼어요. 그런데 재판을 하게 된 거예요. 제가 전과가 있잖아요. 당연히 불리했죠. 그래서 재판 바로 전날까지 전화 통화를 하면서 설득을 했어요. 그런데 아내가 나직한 말로 그러더라구요. 자기야…… 우리 그만 헤어지자……. 그 말을 듣고 온몸에 힘이 빠지는데…… 그래도 희망을 버리지 않았어요. 하지만 결국 아내의 바람대로 됐지요. 벌써 3년이 흘렀어요. 그래도 기다렸는데, 이젠 좀 포기가 되네요."

나는 그의 아내가 선택한 '나머지의 삶' 이 어떤 걸까 생각해 보았다. 두 사람의 밀착된 사랑은 그의 명성만큼이나 유명하다. 얼마 전 내가 진행하는 라디오 프로그램 '허수경의 가요풍경' 에 그가 게스트로 초대되어 지나온 삶들을 이야기했던 적이 있다.

그때 아내와 처음 만났던 순간을 회상하며 표현하기를 '세상의 모든 별들이 내 몸에 달라붙는 느낌' 이었다고 했다. 나는 그 말을 듣는 순간 나도 모르게 아, 그런 사랑 한번 해봤으면! 하고 되뇌었다. 그렇게 두 사람은 단번에 결속되어 20년이라는 세월을 부단히 사랑하며 살아온, 참으로 아름다운 커플이었다.

그러나 그다지 드러나지 않았던, 그래서 매순간 어려움이 닥쳐올 때마다 '사랑' 이라는 울타리를 있는 힘껏 옥죄어 버텨냈던 아내의 속마음을 또 어느 누가 다 헤아리겠는가. 나는 조심스럽게 그에게 몇 마디를 건네었다.

"남편과 더 이상 사랑의 속삭임을 나눌 수 없고 자식들은 다 커서 각자의 삶이 생겨나고 이젠 결코 젊지 않고…… 그럴 때 여자들은 흔히 우울증에 걸린대요. 내가 왜 사는 건지 의미를 잃게 되는 거죠. 그리고 참 불행하게도 그럴 때 가족들은 별로 도움이 안 된대요. 왜냐하면 불쌍하기보다는 불편해 하니까요. 저도 예전에 불타는 사랑을 참 많이 했어요. 물론 지금도 사랑하며 살고 있지만 어느 순간부턴가 예전처럼 '불타는 사랑'이 안 된다는 것을 깨달았어요. 왜냐하면 조금씩 내 것을, 내 마음속에 나만의 방을 만들기 시작했기 때문이에요. 상처가 덧날까봐, 미래의 내 삶이 무의미해질까 봐 너무 두렵거든요."

그는 가만히 고개를 끄덕였다.

"우리가 어떻게 만나 어떤 사랑을 했는지 아주 잘 알고 있는, 내가 참 좋아하는 전유성씨가 그러더라구요. '그 동안 너의 자유를 위해 평생의 모든 사랑을 다 준 사람이다. 이제는 니가 자유를 주어라!' 맞아요. 그 말이…….."

"이젠 아이들도 곁에 엄마가 없다는 걸 받아들여야겠네요. 아이들은 어때요?"

"그것 때문에 정신과 전문의를 찾아가 상담을 받아 봤어요. 작은 아이가 자기 친구가 엄마와 함께 있는 걸 보고 와서는 의기소침해 있더라구요. 그래서 심각하게 생각을 해봤죠. 엄마의 빈 자리를 내가 어떻게 채워 줘야 하나……. 상담을 하니 그러더라구요. 어떻게 해도 엄마의 자리를 대신할 수는 없다, 그러니 아빠로서 더 완벽하게 해라. 그래

전인권

서 작은애를 앉혀 놓고 눈을 똑바로 보며 물었죠. 아빠를 믿느냐고. 그랬더니 한치의 망설임도 없이 '믿는다'고 하더라구요. 그래서 그럼 됐다, 엄마가 곁에 없다는 것은 네가 감당해야 할 어쩔 수 없는 현실이다. 그러나 내가 아빠로서 더욱 잘 하겠다. 아들이 고개를 끄덕끄덕하더라구요."

나는 가슴이 짠해졌다. 그는 지금 음악인이 아니라 그저 한 사람의 자연인, 아버지이다.

이제 좀 더 좋은 아버지와 좀 더 성숙한 아이들은 커튼이 없는 창에 아침해가 떠오를 때 눈을 뜬다. 딸은 부지런히 아침 식사를 차리고 동생과 함께 학교에 간다. 아빠는 운동을 하고 딸이 차려 놓은 아침밥을 매일 맛있게 먹는다.

"내가 아침밥을 먹든 안 먹든 딸아이가 매일 아침상을 차려요. 어떤 날은 아빠가 분명히 아침밥을 못 먹을 거라는 걸 알면서도 반드시 아침상을 차려놓고 나가요. 마치 아침밥은 자신에 대한 아빠의 믿음이라고 생각하는 것 같아요. 지금까지 단 하루도 거르지 않고 딸은 믿음을 지켜 주고 있어요. 그리고 쪽지를 한 장씩 넣어요. 예를 들면 '아빠 오늘 불고기가 맛있게 됐으니까', '불고기 했으니까 맛있게 드세요'가 아니라 '맛있게 됐으니까 꼭 드세요'라는 식으로요."

'믿음'은 믿음을 낳고 '사랑'은 사랑을 키운다는 생각이 든다. 그리고 그 두 가지는 서로의 마음속에서 우러나는 진심과, 그 진심을 알아채고 전달하는 지혜가 자라 비로소 맺어지는 열매라는 생각이 든다.

'들국화'라는 명예와 '범법자'라는 멍에가 나란히 새겨진 그의 과거 속에서 '전인권'이라는 보다 더 강력한 미래를 잃지 않았던 것 또한 그 두 가지 진심만을 진실이라 여기는 그의 투명함과, 마치 본능처럼 내재된 그만의 지혜가 있었기 때문인 듯 싶다.

"어릴 때부터 산에서 살다시피 했어요. 집 뒤의 북악산이 어린 시절의 내 놀이터였죠. 혼자서 하루 종일 산을 쏘다니며 봄에는 진달래를 따먹고, 5월에는 아카시아를 노랗게 여문 걸로 골라서 가지째 들고 한 입에 후르륵 먹으면 정말 맛있었어요. 벚꽃이 지고 나서 애가 닳도록 기다렸다가 버찌를 따먹기도 하고, 여름엔 뽀루수 열매가 그렇게 맛있었지요. 그리고 가을에는 파페라고, 까뭇까뭇한 열매가 있는데 시큼하면서도 참 맛있었어요. 그리고 저녁 때가 되면 범바위에 앉아서 가만히 있어요. 그러면 점점 소리들이 들려요. 벌레 우는 소리가요. 어찌나 시끄러운지, 한밤중의 산속은 조용하다고 생각하지만……. 아니요, 귀가 따가울 정도로 벌레들이 시끄럽게 울어대요. 그야말로 감동이죠."

"어린 꼬마가 겁도 없이 어떻게 한밤중에 산에서 놀아요?"

"우리 작은형이 아주 무서웠어요. 너무한다 싶을 정도로 저를 많이 혼냈는데 대자를 수직으로 세워서 때리면 얼마나 아픈지 몰라요. 악악거리며 비명을 질러댔는데 덕분에 목소리가 트인 것 같아요. 그래서 야단맞을 일 있으면 무조건 산으로 도망쳤거든요. 거기서 하루 종일 혼자서 놀다 보니 산이 정말 편하고 좋았어요. 지금도 산이 너무 좋아서 얼마 전에도 설악산에 들어가서 몇 달 있다가 왔어요. 아이들하고도 산에 자주 가고요. 음…… 저한테는…… 몸속으로 흐르는 지혜 같은 게 있거든요. 그래서 어떤 일에서나 자신감이 있고 움츠러들지 않아요. 그리고 대부분 계획하고 뜻한 바대로 이루어져요. 그게 아마도 산에서, 자연 속에서 얻어진 게 아닐까, 그렇게 생각해요."

"지식이 많다는 것과 지혜롭다는 것은 다른 거잖아요. 삶이라는 건 지식보다는 지혜를 더 필요로 하는 것 같아요."

"예를 들면 처음에 아, 내가 앞으로 노래를 해야겠구나 생각했을 때 노래부터 한 게 아니거든요. 전 운동부터 했어요. 노래를 하려면 몸이 건강해야 한다고 생각해요. 지금도 운동은 절대 게을리 하지 않아요. 매일 아침마다 운동하기 싫거든요. 그래도 해요. 머릿속에 '하기 싫다' 는 생각이 들어오기 전에, 아니 그런 생각이 들더라도 몸은 무조건 나가요. 백 미터만 걸으면 운동하게 돼 있어요."

"그 동안에는 왠지 느낌이 아무렇게나 살고 씻지도 않고 뭐든지 제멋대로인 사람, 통제불능 상태라고 생각했는데 안 그러시네요?"

"머리를 이러구 다니니까 그런데 삼 일에 한 번씩 정말 깨끗하게 정성들여서 씻어요."

옆에 자리를 같이 하고 있던 매니저가 한마디 덧붙인다.

"진짜 신기해요. 형은 원래 양말은 안 신거든요. 그리고 신발은 오로지 한 가지만 신거든요. 지금 신고 있는 거. 근데 한여름에도 맨발에 그 신발을 신고 다니면서도 절대 발 냄새가 안나요. 그것 참, 진짜 불가사의예요."

그의 신발을 슬쩍 내려다보았다. 몇 년을 신었는지 모를 낡은 앵클부츠였다.

"오늘 새삼 느꼈는데…… 사람들의 편견이 무척 깊다는 생각이 드네요."

"그런데 난 별로 신경 안 써요. 제가 감옥에 갔다 오고, 그것도 여러 번, 그리고 활동도 별로 안하고 하니깐 사람들이 아주 이상하게 보더라구요. 포장마차에 가도 주인이 들어오지 말라고 할 정도였어요. 그런데 난 그냥 그렇게 생각했어요. 난 '전과 4범의 개성을 가진 사람이다'라구요. 그러니깐 마음이 무척 편해졌어요."

사람들은 그를 마약 중독자가 된 녹슨 영웅이라고 생각했지만, 그래서 어디선가 황폐화된 삶에 허덕이고 있을 거라 생각했지만 그는 그렇지 않았다.

마약에 대한 그 나름의 진심과 진실이 그를 늘 떳떳하게 했고, 꿈을 모두 펼치지 못했던 들국화 시절을 뛰어넘는 또 다른 자신의 세계를 만들어 가고 있었다. 그는 언제나 거침없이 살았으며 부단히 노력했다. 과정만 있었다면 대중들에게 영원한 동정의 대상으로 남았을지 모르나 이제 그는 장장 14년의 침묵을 깨고 새로운 세계를 펼쳐 보이기 시작했다.

"'인권이 라이프'로 전국을 강타하셨잖아요. 하하. 나이 오십에 그런 반전이 있을 줄 상상이라도 하셨나요?"

"광고제작팀에서 처음에는 그런 그림을 생각한 게 아니었어요. 여러 가지 분위기를 놓고 저한테 이렇게도 해 보라고 하고 저렇게도 해 보라고 했는데 '난 티-비-로 본다'를 찍으면서 한 40번쯤 반복했을 거예요. 매번 주문을 해옴에도 불구하고 난 계속 똑같이 했어요. 제작팀이 나중에는 막 짜증을 내더라구요. '난 티브이로 본다!'라고 끝을 깜찍하게(?) 올린다거나 뭐 그런 식으로 자꾸만 다시 하라면서요. 그래서 한동안 가만히 있었어요. 꿈짝도 안하고 가만히. 그랬더니 모니터를 보던 어떤 스태프가 '포즈(정지화면)'가 걸렸는 줄 알았다고 하더라구요. 스태프가 50명쯤 됐는데 그 앞에서 나 혼자 싸운 거였죠. 결국은 쓸 장면이 그것밖엔 없었어요. 다 똑같이 했으니까."

그의 예전 자료에서 찾아낸 그만의 특기가 두 가지 있다. 들국화로 활동하면서 장기 공연을 하거나 고정 출연을 할 때 업주들 혹은 방송 관계자들과 끊임없이 싸웠는데 그때 그가 자주 무기로 썼던 방법이다.

하나는 '아무 말 않고 끝없이 노려보기' 또 하나는 '원시인처럼 소리 지르기.' 이 두 가지 싸움에 어느 누구도 이길 자는 없을 것이다.

"그런 고집은 어디서 나오는 걸까요?"

"고집이라기보다는…… 글쎄요, 그냥 난 어렸을 때부터 무지 가난했거든요. 그래서 선택의 여지가 없었어요. 어떻게 해서든 견디는 것 말고는 달리 방법이 없었어요. 그런 경험들이 쌓여서 웬만한 일에는 끄떡도 안하게 됐나 봐요. 그 또한 일종의 지혜겠지요."

이때 매니저가 또 한번 등장했다.

"형은 감이 뛰어난 분이예요. 그리고 적응력도 대단해요. 한 번도 경험해 보지 않은 상황이지만 순식간에 적응을 하고 파악을 해요. 광고를 찍을 때도 '이 장면은 어떻게 해야겠다'라는 감이 정확하게 온 거였죠. 그리고 대부분 그게 맞아요."

"전에 '안녕, UFO'라는 영화에 잠깐 출연했었는데 모든 대사를 딱 두 번 만에 오케이 받았거든요. 감독이 그러는데 그런 배우는 처음 봤대요. 하하하."

그는 마치 어린아이처럼 웃으며 우쭐해 했다. 무대 위에서의 카리스마 넘치던 모습 뒤에 누군가의 칭찬에 마냥 즐거워하는 순진함이 숨어있다니 외람된 표현이지만 귀엽기까지 했다.

"요즘은 들국화를 몰랐던 젊은 친구들도 다 알아 보죠?"

"요 전에 길을 가는데 꼬마들이 달려와서는 '인권이 형 싸인해 주세요' 그러더라구요. 내가 누군지도 잘 모르면서 그냥 광고에 나오니까, '인권이 라이프'로 이름만 알고 달려온 거겠죠. 근데 '형'이라고 불러서 얼마나 기분이 좋던지……."

"쉰하고도 한 살, 나이에 대한 두려움은 없으세요?"

"나는 요즘 나이를 아예 망각해서 감각이 별로 없는데, 난 앞으로 20년은 더 음악할 거거든요. 옛날에 감옥에 있을 때, 하도 추우니까 사람들은 생각하죠. 열두 시나 한 시쯤이 제일 따뜻할 거라고. 근데 아니에요. 오후에 다섯 시나 여섯 시쯤 되면 제일 따뜻해요. 인생도 마찬가질 거예요. 그러니까 나이는 신경 쓰지 마세요. 그 나이마다의 즐거운 세계가 있으니까 걱정하지 말아요."

"하지만 살면서 너무 힘들다 보면 그렇게 늘 자신만만할 수는 없잖아요. 흔들리기도 하고 절망하게도 되고……."

"오로지 혼자서 0.7평짜리 방에서 9개월 17일을 있으면서도 나름의 세상이 있었어요. 그렇게 갑갑하고 화가 나도 벽에다가 '희망'이라고 세 군데를 써 붙여요. 그리고 기도하잖아요. 그러면 힘이 났어요. 힘들 때 제일 나쁜 건 '절망'이 아니라 '공포'예요. 벗어날 수 없다는 공포! 벗어날 수 있다는 희망을 가지면 견뎌낼 수 있어요."

나는 그와의 인터뷰를 마치고 돌아오면서 0.7평짜리 방안에 울려 퍼졌을 나의 목소리를 떠올려 보았다. 감옥에 있을 때 그는 내가 진행하던 라디오 프로그램을 녹음해서 점심시간마다 틀어 주었다고 한다. 그때의 느낌을 그는 '한 줄기 햇살 같았다'고 표현해 주었다. 공연을 보러 갔을 때, 객석을 향해 갑작스럽게 들려 준 그 이야기는 지금도 생각하면 내 가슴이 저릿해질 만큼 행복한 이야기였다. 당시 방송을 진

등에 지고 가는 목마름

행할 때 이따금 날아 들었던 재소자들의 편지들이 새삼 떠오르며 얼마나 가슴이 뜨거웠는지 모른다.

그토록 강렬하게 나의 일에 대해 사명감을 심어준 이는 없었다. 진심으로 지면을 빌어 그에게 감사의 인사를 전하고 싶다.

인터넷 검색 창에 '전인권' 세 글자를 치니 우여곡절 그의 삶이, 그리고 우리의 지난 날들에 중첩되는 그의 음악들이 프린터기를 통해 차곡차곡 쌓인다.

그리고 방 안에는 들국화 시절의 라이브 앨범이 천천히 트랙을 돌며 한 곡 한 곡 흐른다.

들국화의 첫 행진은 85년 1월, 동숭동 파랑새극장에서 있었다. 그리고 그가 어린 시절부터 지금까지 꼼짝 않고 지키고 있는 삼청동 집에는 '파랑새'라는 이름의 스튜디오가 있다. '50대'라는 새로운 세계의 문을 힘차게 연 그는 '다시 이제부터' 파랑새를 날릴 것이다.

낮게, 길게, 휘어져 자란 소나무를 보기는 쉽지 않다. 어릴 적 풍경 속에 심어져 있던 그 소나무를 그대로 옮겨 와 우리 집 마당에 심고 싶다. 혹시 그 소나무는 어딘가에 지금도 살고 있을까. 만약 그렇다면 한밤중 소나무 귀신이 되었을 때도 파랑새는 그를 무서워하지 않았으면 좋겠다.

송화처럼 발색하는 소리

배 철 수

만감이 교차하는 그를 잠시 바라보았다.
긴 머리에 껑충하고 비쩍 마른 몸, 소외된
듯한 표정 그러나 생의 전부를 태우듯
불타 오르던 그의 음악. 새하얀 하복을
입었던 내가 기억하는 80년대의 그의
모습은 그랬다. 그는 이제 멋스러운 푸른
셔츠를 입고 흰 머리칼과 검은 머리칼이
적당히 섞인 훌륭한 그레이 톤 머리칼을
쓸어 올리며 지금 내 앞에 앉아 있다.
나 또한 만감이 교차한다.

송화 가루가 날리는 계절, 나는 연신 재채기를 해대며 차 앞 유리에 노랗게 내려 앉은 송화 가루를 조심조심 닦는다. 한 겨울에도 창문을 조금은 열어두어야 마음이 놓이는 나는 약간의 폐쇄공포증이 있다. 해서 송화 가루를 닦아내지 못한 날은 공포를 감당하고라도 창문을 열지 않든가, 재채기를 감당하든가 둘 중 하나를 결정해야 했다. 물론 송화 가루가 날리는 계절에는 아무리 날이 좋다 하더라도 소나무 밑에 앉아 있는 일은 없다.

그러던 어느 날, 우리 집에 손님이 들이닥쳤다. 날도 좋은데 마당에서 고기나 구워 먹자고 말이다.

나는 마당에 있는 커다란 소나무가 두려웠지만 손님 접대에 대하여 이상스러울 만치 과한 책임감을 느끼는지라, 재채기 한 번 하지 않고 하루 종일 부엌과 마당을 뛰어다녔다.

그렇게 다들 배불리 먹고 차 한 잔을 마실 즈음, 날이 저물었다. 마당에 설치한 조명시설을 뽐낼 시간이 되었다. '시설'이라고 해봐야 그저 마당 몇 군데에 띄엄띄엄 등불이 켜지는 것이 고작이지만 소나무를 향해 빛이 쏟아지면 그 빛이 어떤 빛이건간에 정말 아름답다.

송화 가루가 날리는 계절에 마당에 나와 불을 켜는 일이 전무했던지라 스위치를 누르는 순간 나는 맨 먼저 소나무를 쳐다보았다.

내 눈 앞에 펼쳐진 장관은…… 길쭉하게 혹은 짧게 솟아오른 송화가 빛을 받자 마치 형광물질처럼 발색하는 것이 아닌가!

어둠 속에 빛은 있었으나 아무 것도 보이지 않고 오로지 송화만 보였다. 여린 나무들의 여린 순이 아니라 송화는 송화 자체로 나무였다. 그 장관에 넋을 잃은 나는 손님들의 탄성도 듣지 못했다. 아니 재채기도 하지 않았고, 한동안 그저 멍하게 바라보기만 했다. 그 이후 신기하게도 이제껏 송화 가루가 날려도 재채기를 하지 않는다.

그 날 나는 정오부터 방송이 있었다. 시간이 어떻게 흐르는지도 모르는 사이 두 시간이 다 가고 방송을 마친 후 스튜디오를 빠져나와 일명 '창가 스튜디오' 라는 곳에 들러 자판기 커피를 마셨다. 창가 스튜디오에는 매일 그가 '이미' 와 있었다. 그는 저녁 6시에 방송이 있는 데도 말이다.

아주 오랜만에 그에게 전화를 걸었다. 한 방송사에서 매일 마주치 던 그였지만 당시 내가 진행했던 MBC FM '정오의 희망곡' 을 그만두고 미국으로 잠시 떠나게 되면서부터는 한 번도 만나지 못했었다. 그후 한국으로 돌아와 SBS 파워 FM '허수경의 가요풍경' 을 진행하기까지도 그의 얼굴을 한 번도 마주치지 못했다. 전화를 거는 순간 필름처럼 그 옛날이 떠오르면서 나는 감회에 젖었다.

배철수 ; 여보세요!

허수경 ; 철수아저씨, 저예요. 허수경.

배철수 ; 허수경? 어, 웬일이야!

허수경 ; 히히히…… 뵙고 싶어서 전화했죠.

배철수 ; 헤헤헤.

허수경 ; 저도 라디오 만만찮게 했지만…… 실은 제가 모델링하는 선배가 계시거든요.

배철수 ; 그게 나야?

허수경 ; 네!

배철수 ; ……행복하게는 사는 거야?

허수경 ; 불행하지 않으면 행복한 거죠, 뭐.

배철수 ; 헤헤헤.

마치 친정오빠가 묻는 것처럼 그는 내게 행복하냐고 물어 주었다. 그를 만나러 MBC로 가는 길 내내 가슴에서 징 소리가 났다. 그리고 그는 나를 위해 뜨거운 커피 한 잔을 들고 왔다.

"정말 오랜만에 뵙네요. 여긴(MBC FM 스튜디오) 여전한가요?"

"음. 스튜디오들을 싹 다 고쳤어. 아주 좋아졌지. 참, SBS 건물이 그렇게 좋다며?"

"그럼요, 좋죠. 근데 요즘도 그렇게 일찍 나오세요?"

"그렇지. 지금도 점심 때쯤 나오니까."

그는 아직도 '음악캠프'를 진행하고 있고, 여전히 일찍 '출근'하고 있었다. 벌써 10년도 더 넘은 옛날이다. 우리가 (당시 함께 방송을 하던 동료들) '직원'이라고 불렀을 만큼 그는 '출연'이 아닌 '출근'을 했다. 심지어 프리랜서 DJ가 프로듀서 사무실에 자기 책상을 두고 있었다. 저녁 프로그램을 위해서 점심 때부터 나와 그가 하는 일은 그날 선곡할 음악들을 일일이 들어 보고 그날 하고 싶은 얘기들을 메모하는 일이었다.

　프로듀서가 없는 것도 아니고 작가가 없는 것도 아닌데 그는 그렇게 스스로 프로그램을 만들었다. 나는 당시 너무 바빠서 매일 방송 10분 전에 도착하는 것이 고작이었지만 마음속으로 늘 생각했다. 방송은 저렇게 해야 하는 것이라고.

　"음악캠프가 생겨난 지도 벌써 15년이네요. 그렇게 오래할 줄 아셨어요?"

　"글쎄 말예요. 얼마 전에 5천 회 기념 공연을 했는데, 어떻게 하다 보니 벌써 그렇게 됐네요. 사실은 딱 10년만 하려고 했는데…… 하다 보니까 너무 재밌어요. 굳이 다른 걸 할 이유가 없는 거지요."

　"더군다나 팝송 프로잖아요. 옛날에야 우리가 주로 팝송을 들었지만 요즘은 거의 가요를 듣고 라디오 프로그램들도 가요 위주로 편성되는데 시간대 한번 옮기지 않고, DJ 한번 바뀌지 않고 팝송을 고집한다는 게 쉬운 일은 아니잖아요."

　"그렇죠. 근데 참 재밌는 건, 음악캠프의 청취율은 예나 지금이나 거의 변화가 없다는 거예요. 다른 프로그램들은 청취율이 많이 달라졌지요. 라디오를 듣는 것 자체가 옛날보다는 덜하니까요. 그래서 우리 프로그램이 옛날에는 청취율이 그저 그랬지만 지금은 오히려 높은 축에 들게 됐어요. 같은 숫자라도 퍼센티지가 달라진 거지요."

　흔히들 '청취율'이라 함은 전체를 '100'으로 보았을 때 몇 퍼센트가 듣느냐를 나타낸다. 그런데 '듣는 사람들' 만을 모았을 때, 몇 퍼센트가 그 프로그램을 듣느냐를 따지는 것을 '점유율' 이라고 한다. 라디오 청취율이 줄어든 요즘은 청취율보다는 점유율이 인기도를 반영하는 기준이 된다.

"15년이나 같은 프로그램을 하셨으니 라디오 문화가 어떻게 흘러 왔는지 총체적인 안목을 갖고 계시겠네요. 예전하고 지금하고 많이 달라졌지요?"

"음, 수경씨도 알지 않나? 나랑 별 차이 없잖아. 안 그래요?"

나는 순간 당황했다. 가만, 내가 라디오 방송을 한 지가…… 어머! 나도 12년이네!

중학교 때 라디오에 엽서를 보내 뽑힌 적이 있다. '엄마가 아프신데 엄마가 좋아하는 음악을 보내 주시면 곧 회복하실 것 같다' 는 내용으로 신청곡 'woman in love' 를 적어 엄마가 들으실 수 있는 시간대의 라디오 프로그램(당시 프로그램명은 '박원웅과 함께' 였다)에 보냈는데 그것이 뽑힌 것이었다. 그 후 세월이 흘러 나는 '정오의 희망곡' DJ가 되었고 담당 프로듀서로 바로 그 '박원웅 아저씨' 를 만났다. 그 인연이 어찌나 신기했던지.

386세대 하면 한번은 해봤을 '라디오에 엽서 보내기' 나 '팝송가사 한글로 적어 외우기' 를 요즘 친구들은 거의 안하고 산다. 라디오보다는 컴퓨터가 더 재밌는 친구이고 팝송보다는 가요에 더 열광한다.

송화처럼 발색하는 소리

그러니 지금도 팝송을 다루는 라디오 프로그램을 진행하고 있다는 것은 어찌 보면 시대를 역행하는 것일지도 모른다. 그러나 그에게는 시대의 흐름을 뛰어넘는 힘이 있다. 그는 오히려 지금 새로운 전성시대를 맞이하고 있다.

"'배철수와 10년나기'라는 팬 카페가 생겼어요. '배철수의 음악캠프'는 새로운 사람은 잘 안 들어와요. 늘 들어오던 사람만 들어오죠. 그러다 보니 사연을 보내는 청취자들 이름만 봐도 아, 누구구나 알 수 있을 정도로 친숙해졌지요. 아마 청취자들끼리도 그럴 거예요. 그래서 그런 카페도 만들고 정모도 하고."

"팝 프로그램이 많지 않다 보니까 흡수해야 할 청취자도 많고 소화해야 할 음악도 많겠지요?"

"그렇죠. 어린애들부터 시작해서 나이 지긋한 분들까지 청취자 폭이 엄청나게 넓어요. 그러다 보니 그에 맞게 음악을 고루 틀어야 하죠. 그래서 두 시간을 반씩 나누었어요. 앞의 한 시간은 귀에 익숙한 음악들로 채우고 뒤의 한 시간은 새롭고 신선한 음악을 틀죠. 그래서 우리 청취자들은 원하는 취향에 맞게 한 시간씩 선택해 들어요."

내가 '가요풍경'을 끝내고 집으로 향하는 시간은 6시. 귀에 익숙한 추억의 팝송이 흐르는 시간이다. 몇 년 전, 팝 프로그램을 진행했었기에 그때 생각이 스치면서 운전하는 길이 편안하다. 간혹 길이 막히는 날에는 뒤의 한 시간, 요즘 나오는 신곡도 몇 곡 듣게 된다. 장르를 총망라한 생소하고 특이한 음악을 만나는 시간이다. 혹시 나중에 팝 프로그램을 진행하게 될 것을 대비해 '공부하듯' 그 시간 또한 즐긴다. 새로 나온 CD를 앞에 두고 귀엔 이어폰을 꼽고 직원처럼 책상에 앉아 그 음악을 선곡했을 그의 모습을 떠올리면서.

'음악캠프'에 추억의 팝송이 있다면 '가요풍경'에는 추억의 가요가 있다. 송골매의 노래는 날씨가 딱 기분 좋을 만큼 흐릴 때, 그래서 늘 보던 빌딩들마저 새삼 운치 있어 보일 때 튼다. 특히 20년 전의 신문기사를 다시 펼쳐 보는 코너 '순수의 시대'에서는 송골매의 노래가 결코 빠질 수 없다. 그렇게 송골매의 노래가 흐를 때, 나는 헤드폰을 잠시 벗고 11층 통유리 앞에서 먼 산을 바라본다. 80년대, 그때가 참 그립다.

"사실은 음악캠프 이전에, 그러니까 1980년에 라디오진행을 했던 적이 있어요. 그때 딱 6개월 하고 잘렸어요. 활주로로 활동하던 때였는데 저의 '특이한' 캐릭터를 살려 라디오 프로그램을 한번 해보자는 제의로 시작했는데, 너무 특이했는지 결국 프로그램이 없어지고 말았죠. 그 덕분에 송골매가 생겨난 겁니다. 그 때 DJ로 성공했으면 송골매는 날지 못했을 거예요."

"어머, 그런 깊은 사연이. 그럼 지금은 DJ로 '성공'하셔서 송골매를 다시 날리기가 어렵겠네요?"

"전에 구창모가 다시 한번 뭉치자고 그랬는데……. 글쎄요, 아직은 별로 생각이 없어요. 뭐랄까, 음악적인 감각이 예전 같지 않다고 할까……."

"아닌데, 그냥 옛날 그 노래들 그냥 있는 그대로 다시 들려 주시기만 해도 되는데. 새로운 걸 바라는 게 아닌데. 다시 한번 뭉쳐 주세요. 진짜 부탁이에요. 네?"

그가 나를 잠깐 보더니 그 특유의 웃음, 헤헤헤! 하고 웃는다.

"지금 생각해 보면 내가 그 때 어떻게 음악을 했는지 아련해요. 지금의 삶과는 완전히 다른 삶이었죠. 정말 망가져 있었어요. 내가 타고난 환경이 너무 괴로웠고, 그래서 마음이 괴로웠고 몸도 괴로웠죠. 아니, 괴롭혔죠. 매일 술 마시고 아침에 해가 중천이면 그때 해장하고 집에 들어가는 게 일상이었으니까요. 그러다 하루는 아주 이상한 감정에 휩싸이기도 했어요. 그날도 밤새 술을 마시고 아침에야 집엘 가는데……."

그의 눈빛이 먼 산을 보듯 아련해진다. 그리고 그 기억은 어느 한여름, 밤새 술을 마신 다음 날 아침, 해장국으로 속을 달랜 후 묵직한 몸을 차에 싣고 힘겹게 오르던 화곡동 언덕배기에 머물렀다.

"그 동네에 여학교가 많았어요. 따가운 아침 햇살에 눈이 부시도록 새하얀 하복을 입은 여학생들이 뽀얗고 상기된 얼굴로 자기들끼리 뭔가를 재잘거리며 등교를 하고 있었지요. 얼굴은 거무튀튀하고 머리는 산발이고 술 냄새는 차안에 꽉 차서 그들을 멍하니 바라보는데……. 하! 그 묘한 기분이란. 내가 대체 뭐하고 있는 건가, 왜 나는 이렇게 살고 있는 건가, 정말 만감이 교차하더군요."

만감이 교차하는 그를 잠시 바라보았다. 긴 머리에 껑충하고 비쩍 마른 몸, 소외된 듯한 표정 그러나 생의 전부를 태우듯 불타오르던 그의 음악. 새하얀 하복을 입었던 내가 기억하는 80년대의 그의 모습은 그랬다. 그는 이제 멋스러운 푸른 셔츠를 입고 흰 머리칼과 검은 머리칼이 적당히 섞인 훌륭한 그레이톤 머리칼을 쓸어 올리며 지금 내 앞에 앉아 있다. 나 또한 만감이 교차한다.

"지금은 가끔 그런 생각을 하지요. 그때의 나를 다시 떠올려 보며, 그래도 '그랬으니까' 음악을 했겠지, 그때의 처절함이 결국 음악을 만들어 준 거겠지, 하구요. 지금 다시 음악을 하지 않는 이유도 그걸 거예요. 지금은 음악으로 승화될 만큼 처절하지 않거든요."

맞다. 그는 더 이상 처절하지 않다. 매일 매일 누구도 범접할 수 없는 자신만의 두 시간을 지켜나가고 있으며 결혼을 해 두 아들을 둔 어엿한 가장이기도 하다. 그의 '안정된 삶' 은 더 이상 음악에 도움이 되지 못할 듯했다.

"전 뮤지션에 관한 한 그 사람의 사적인 영역에 대해 너그러워야 한다고 생각해요. 반듯하게 모범생처럼 살면서 누군가의 가슴을 흔드는 음악이 어떻게 나올 수 있겠어요. 인생의 바닥을 겪어야 거기서 승화되는 무엇이 있는 거지요. 음악하는 사람이 어떻게 살든 그건 그저 지극히 개인적인, 음악이 나오기까지의 숨은 과정에 불과할 뿐이고, 그 결과물을 오로지 음악으로 평가받으면 된다고 생각해요. 제가 지금 다시 음악하기를 망설이는 이유도 '숨은 과정'이라는 것이 이젠 너무 반듯해졌다는 거지요. 그렇다면 결과물 또한 그 이상이 될 수는 없는 거니까요."

음악이 음악하는 사람의 삶의 고뇌를 승화시킨 결과물이라면 라디오는 라디오를 진행하는 사람의 인생의 경험을 승화시킨 결과물이다. 그래서 DJ는 '친구'와 '포도주'처럼 오래 묵어야 맛이 난다. 그가 비록 음악에 관한 한 옛날로 돌아가기를 망설이고 있긴 하지만 그 음악을 만들어 냈던 자신의 삶이 영영 없어진 건 아니다. '음악캠프'를 들어 보면 그저 '노래'를 '말'로 바꿨을 뿐, 그는 그때나 지금이나 역시 다르지 않은 배철수이다.

종종 그가 말하는 투가 지나치게 단정적이고 건방지다는 평을 하기도 한다. 그렇게 평을 하는 사람이라면 과거 그의 음악도 단정적이고 건방지게 들릴 것이다. 하지만 그건 배철수의 개성이자 매력이다.

개성이란 그 사람이 '그 사람'일 수 있는 유일한 도구이자 그 사람이 '그 사람'이어야만 하게 하는 중요한 수단이다. 그리하여 개성은 그 사람의 깊은 인생과 경험을 바탕으로 비로소 매력이 된다. 그렇기 때문에 개성과 매력 없는 진행자는 사람의 귀를 감동시키기 어려우며,

아무리 말을 잘 한다 해도 듣는 맛이 안 난다. 심지어 말을 너무 잘 해서 듣기 싫기도 하다. 라디오 진행이 어려운 이유가 바로 그 것이다.

반면 배철수는 그 특유의 목소리와 말투, 웃음소리 그리고 그가 살아왔던 인생을 모두 합쳐 마치 하나의 브랜드처럼 라디오를 지키고 있다. 심지어 요즘에는 광고에도 등장하고 성우들의 성역이었던 내레이션 프로그램에 고정으로 목소리를 전하기도 한다. 그의 삶이 달라진 건 정말 확실하다!

"결혼 소식 듣고 깜짝 놀랐던 기억이 나요. 신부가 워낙 의외의 인물이어서요."

"헤헤헤. 다들 그랬죠."

"박혜영 프로듀서의 이미지는 뭐랄까…… 듬직하고 과묵하고, 암튼 철수아저씨랑은 절대 줄잇기가 안 됐어요."

"우리 와이프가 스타일이 좀 그렇죠. 넉넉하고, 헤헤. 같이 일을 하면서 그 사람을 자세히 보게 된 거죠. 그 사람은 내가 갖고 싶었던 것들을 다 가지고 있던 사람이었어요. 반듯한 가정에 건강한 마음, 순수한 생각들. 아, 저 사람과 함께 있으면 내가 참 맑아지겠구나 싶었죠. 덕분에 동경해마지 않던 그 삶을 이젠 제가 살고 있지요."

"아들이 둘이나 있으시다구요?"

"네. 하나는 초등학교 6학년이고 하나는 이제 일곱 살이에요. 좀 어리죠? 헤헤헤."

"애들이 아빠 젊었을 때 모습을 아나요?"

"뭐, 알기야 하겠지만 별 말은 안 해요. 아직 어리니까요."

늦게 결혼해서 매일 매일 자신을 순화시켜 주는 아내와 천군만마가 부럽지 않은 두 아들을 두고 비로소 인생의 꽃을 피우고 있는 그가 참 행복해 보였다. 그도 아마 불현듯 가족을 바라보며 아! 행복하구나, 실감하지 않을까?

"그렇죠. 정말 꿈 같은 일이죠. 그런데 아! 행복하구나, 하고 생각하기보다는요, 과연 쟤네들은 어떨까? 안정된 가정이라는 테두리에서 자라는 아이들은 어떤 모습일까? 신기하게 지켜볼 때가 있거든요. 그래서 가끔 큰 애한테 물어봐요. '너 혹시 요즘 고민 있냐?' 하구요. 그러면 고민이 없대요. 물론 나름대로의 고민이 왜 없겠어요. 이를테면 내가 겪었던 불우한 가정사에 얽힌 고민 같은 것 말예요. 그런 걱정거리가 없이 큰다는 게 어떤 건지, 그래서 어떤 때는 제가 어렸을 때 동경했던 친구들 보듯이 우리 아들들을 보죠. 쟤네들이 크면 과연 어떤 모습일까, 정말 궁금해요."

"아내가 같은 방송일 하는 프로듀서시잖아요. 그럼 일에 관한 의논도 하고, 일하러 와서도 매일 보시겠네요."

"일에 대해서 그렇게 시시콜콜 얘기를 주고받지는 않아요. 같은 장소이긴 하지만 서로 다른 일을 하니까요. 물론 필요할 때는 서로가 가장 좋은 동료가 되어 주지요."

"방송 끝나는 시간이 여덟 시니까 항상 저녁식사가 늦으시겠어요."

"그렇죠. 아이들이 있으니까 다른 식구들은 제 시간에 밥을 먹죠. 15년을 해오는 일이다보니 저녁밥을 늘 혼자 먹게 돼요. 물론 아침에도 식구 중에 제일 늦게 일어나니까 아침밥도 혼자 먹구요. 그거야 뭐 어쩔 수 없지요."

"요즘은 라디오 뿐만 아니라 광고도 하고 내레이션도 녹음하고, 하는 일이 많아서 좀 바쁘시겠네요."

"얼마 전까지는 그랬는데, 이번에 라디오 외의 다른 일은 잠시 손을 놓았어요. 위가 나빠져서 한번 크게 놀랐거든요."

"아하! 그래서 내레이션 프로그램에 안 나오시는 거였군요?"

"어휴. 어느 날 속이 어찌나 아픈지 이거 혹시 암 아닌가 할 정도였어요. 예전에 라디오 처음으로 같이 했던 프로듀서가 암으로 세상을 떠났거든요. 그 이후 자꾸 긴장하게 되더라구요. 다행히 위염으로 진단이 나와서 한숨 돌렸는데 덕분에 올해는 건강을 위한 해로 정하고 무조건 쉬기로 했어요."

암으로 세상을 떠난 그 프로듀서는 나와 '정오의 희망곡'을 함께 했던 여러 프로듀서 중의 한 분이기도 하다. 정말 건강하셨기 때문에 지금도 그의 부음이 도무지 믿기지 않는다. 그 분은 나에게 다른 일은 그만두어도 라디오만큼은 절대 놓지 말라고 말씀하셨던 분이다. 1년

간 매일 마주앉아 그 분에게서 들었던 '잔소리'를 되새기며 나는 아직
도 라디오를 놓지 않고 살고 있다. 문득 그 분이 보고 싶다.

"이 시대에 '라디오'란 무엇일까요?"

"라디오? 라디오는 그냥 라디오지 뭐."

"아유, 좀 멋있게요. 15년이나 하셨는데 나름의 철학 같은 게 있으
실 거 아니에요?"

"철학은 무슨, 쥐뿔도 없어요."

그렇다. 라디오는 철학이 아니다. 라디오는 그냥 라디오다. 시대
가 어떻게 변하든 누구나 자신의 추억은 변하지 않는 것처럼 언제나 그
모습 그대로 꺼내 보는 것이 라디오다. 그렇기에 라디오가 영원히 사
는 방법은 '영원히 새로워지지 않는 것'이라 나는 생각한다.

"마지막으로 하나만 부탁드릴게요. 곧 장마철인데, 비 올 때 들으
면 좋은 음악 뭐 없을까요?"

"많죠. 비 오는 날 청취자들이 꼭 신청하는 음악들이 있는데, 그 중
에서 '댄 포겔버그'의 '리듬 오브 더 레인!' 비 오는 날 들으면 죽이지."

비가 오는 날이면 라디오는 충분히 젖는다. 라디오를 잊고 있었던
사람들도 비가 오면 라디오를 찾아온다. 그래서 비가 오면 나는 내가
살아있음을 새삼 느낀다. 그리고 그 미세한 떨림이 낮은 기압을 타고
조금씩 조금씩 번져가는 걸 느낄 때 시간은 영원히 멈춘 듯하다. 매일
매일 해질 무렵 그의 오프닝을 들으며 노을이 멈춰 선 듯한 착각에 휩

싸이는 것처럼.

　"어머, 3시가 넘었네요! 큰일났다. 저 가 봐야 돼요."

　"4시 생방이지? 얼른 가."

　"철수아저씨는 이렇게 약속 안 잡으시겠죠?"

　"물론이지. 아무리 중요한 일 있어도 적어도 한 시간 전에는 스튜
디오에 와 있지."

　"15년간 늘 그러셨어요?"

　"그럼. 난 한 번도 지각 같은 거 해본 적 없어. 얼른 가. 늦겠다."

　그날은 하필 여의도에 집회가 있었다. SBS가 목동으로 사옥을 옮
겨, 가는 길이 만만치 않았다. 또 한 번 택시 드라이버가 되는 순간이었
다. 두 번 신호를 무시한 결과 무사히 스튜디오에 도착했다. 올해는 개
근상을 탈 수 있으려나…….

　해마다 봄이 오면 나무는 꽃을 피운다. 지난해와 다름없이 같은
꽃이긴 하나 그것은 분명 새로운 꽃이다. 소나무도 해마다 봄이면 꽃
을 피운다. 그러나 소나무는 오랜 세월을 지나 누군가를 품을 수 있을
만큼 성장하면 더 이상 새로운 꽃을 피우지 않는다. 그때 피우는 꽃은
묵은 꽃이다. 다만 새 봄이 왔으므로 묵은, 다른 꽃을 피울 뿐이다.

송화처럼 발색하는 소리

소나무 곁의 소나무
조 용 필

조용필

그가 데뷔했을 때 나는 두 살이었다.
나는 그의 거의 모든 노래를 들으며
성장했고 지금은 나도 데뷔 15주년을
맞이한다. 그럼에도 불구하고 그는 늙지
않았고 그의 음악은 힘과 패기가 넘친다.
경의를 표하지 않을 수가 없다.
어린아이가 중년에 접어들어 빗속을
뚫고 그를 연호하는 지금 그는 자신의
세월을 어디다 감추어 두었을까?

비 온 뒤 아침. 문득 바람에 겨울이 묻어났다. 모처럼 새벽녘, 개들을 끌고 뒷산을 오를 참이었는데 현관에서부터 대문까지 열 걸음 남짓한 거리에서도 열 번이나 마음이 오락가락했다.

대문을 열면서 애초 마음먹은 대로 결국 길을 나섰다. 옷을 하나 더 껴입을까 했던 마음도, 개들을 두고 갈까 했던 마음도, 아예 나서지 말까 했던 마음도, 대문을 나서 100걸음쯤 가니 더 이상 없어졌다. 산의 중턱에 다다르자 몸은 후끈해졌고 개들은 제멋대로 뛰어다니면서도 결코 주인을 놓치지 않았다.

중턱에 이르자 또 한 번 마음이 갈팡질팡했다. 이만큼도 충분한데 그만 돌아갈 것인가, 아니면 내친김에 정상까지 오를 것인가. 개들을 나무에 묶어두고 이슬 맞은 풀섶 위에 잠시 앉아 고민을 했다.

더 오를 길을 가만 보았다. 더 올라야 할 길처럼 보였다. 그 길목에 마주 선 두 그루의 소나무가 서로 닿을 듯 말 듯 기대어 서서 나를 두고 서로 말하고 있었다.

'저 아이는 과연 더 오르겠니?'

'글쎄, 대부분 그냥 내려가지 않던?'

나는 그들의 수군거림은 모른 척하고 싶었으나 나무에 묶여서도 제멋대로 튀어 오르는 개들을 보자니 그것은 모른 척할 수 없었다. 나는 더 오르기로 결정하고 마침내 마주 선 두 그루의 소나무 사이를 천천히 통과했다. 나무를 보지 않고 발밑을 보면서

그곳에는 서릿발 같은 아침 이슬이 이끼처럼 낀, 몇 번쯤 구르다가 정지한 것 같은 솔방울들이 지천이었기 때문이다. 그 중에 가장 예쁜 것을 골라 가져오고 싶었지만 난 끝내 그 중에 예쁜 것을 고르지 못했다. 예쁘지 않은 것이 단 하나도 없었기 때문이다.

그날도 비는 쏟아졌다. 우산을 털며 그의 작업실로 들어서자 햇볕처럼 새하얀 셔츠를 입은 그가 활짝 웃으며 반긴다. 웃는데도 주름이 많지 않다. 전날 과음으로 하루 종일 힘들었다며 피곤한 듯 얼굴을 한 번 쓸어 내리지만 코밑에 난 뾰루지만 뺀다면 하룻저녁 과음쯤이야 아직도 거뜬해 보인다.

"요즘 술 자주 드세요?"

"아무래도 사람들 만나면 자꾸 주니까……."

아마도 그의 지인들은 그 앞에 놓인 빈 잔이 내내 쓸쓸해 보였을지 모른다. 그래서 위로도 채우고 격려도 채우고, 그리고 비처럼 눅눅한 기분도 채워 연신 건배를 청했을 것이다. 더군다나 그는 2003년 8월 30일 올림픽 주경기장에서 4만 5천 관중을 압도하는 우리나라 대중음악의 꿈 같은 역사를 이뤄낸 인물이 아니던가. 그의 술잔엔 또 얼마나 많은 찬사와 존경이 채워졌을 것인가.

"올림픽 경기장 공연은 아직도 생생하시죠?"

"그럼요. 그렇게 비가 쏟아지는데, 그 넓은 주경기장을 꽉 채운 관중들. 그리고 그보다도 더 어마어마하게 들리던 빗소리……. 정말 잊을 수 없죠."

"비 때문에 여러 모로 차질도 생기고 아쉬운 것도 많으셨겠어요."

"이상하게, 35년을 무대에 서면서 공연 때 비가 왔던 적이 한 번도 없었어요. 비가 오다가도 공연 시간이 되면 신기하게 비가 그쳤거든요. 근데 그야말로 최고의 공연을 앞두고 날씨가 계속 심상치가 않은 거예요. 공연 일주일 전부터 무대 설치를 시작하는데 그날부터 비가 오더니 계속 오는 거예요. 나의 음악 인생에서 정말 가장 큰 꿈을 이루는 건데. 얼마나 많은 준비를 했겠어요. 무대에 설치할 중요한 것들이 너무나 많았는데 비가 그렇게 오니 하다못해 천장에 달아야 하는 조명들조차도 미끄러워서 도저히 매달 수가 없는 형편인 거예요. 결국엔 당일에도 비가 쏟아지는데……. 아, 정말, 그 마음이란……."

그날의 무대는 실로 보통 무대가 아니었다. 공연도 공연이지만 TV 녹화방송과 DVD 작업까지 감안해 최다의 영상 및 음악기기가 총동원되었다. 당연히 공연 후의 작업들도 만만치가 않았다.

"녹화방송을 위해 편집을 하는데 빗소리 때문에 얼마나 고생을 했는지 몰라요. 음을 잡아내는 총 채널이 98개였어요. 그 자체도 방송국에서는 겪어 보질 못했는데, 비가 들어가면 안 되니까 일일이 비닐을 다 씌웠거든요. 그러니 음 위에 비닐에 부딪히는 빗소리가 엄청나게 덮여 있어서 그걸 지우는 일이 보통 일이 아니었던 거죠."

"공연 때마다 오던 비도 멈췄는데, 그 동안 모아둔 비를 한꺼번에 맞으신 셈이네요. 공연 운영팀도 우왕좌왕 고생 많았구요."

"가끔 뉴스를 보면 시위현장을 보도하거나 할 때 100만이 모였다는 표현을 볼 때가 있는데 사실 우리가 숫자 개념이 별로 없다는 생각이 들어요. 그냥 '꽉 차면' 한 100만 정도 되겠다 하지만 실은 10만,

20만에 그치는 경우가 많아요. 말하자면 4만, 5만이라는 숫자가 얼마만큼인지 감을 잡지 못하는 거죠. 정말 무서운 숫자인데, 상상만으로 대처하기에는 우리나라 공연자 운영이 역부족이에요. 일단 그만큼의 관중을 경험해본 적이 없잖아요."

그렇다. 모든 것이 처음 있는 일이었다. 녹화방송을 준비하던 한 방송 관계자는 '이런 건 올림픽 때도 안 해봤다' 며 깜짝 놀랐다고 한다. 정말이지 마이클 잭슨조차도 그만큼 해내지는 못했다.

길어야 2~3년 '최고의 스타' 로 등극하다 사라지는 젊은 가수들이 자신의 전성기에 최대한 모을 수 있는 관객들은 '10대와 20대의 상당수' 쯤이 될 것이다. 그러나 그는 다르다. 그는 '국민' 을 한 자리에 모을 수 있는 가수다. 데뷔한 지 35년 세월이 흘러서 그러한 거사를 감행할 수 있는 가수는 오로지 그, 조용필 단 한 사람뿐이다.

그가 데뷔했을 때 나는 두 살이었다. 나는 그의 거의 모든 노래를 들으며 성장했고 지금은 나도 데뷔한 지 15년이 지났다. 그럼에도 불구하고 그는 늙지 않았고 그의 음악은 힘과 패기가 넘친다. 경의를 표하지 않을 수가 없다.

어린아이가 중년에 접어 들어 빗속을 뚫고 그를 연호하는 지금 그는 자신의 세월을 어디다 감추어 두었을까?

"난 노래할 때가 가장 좋거든요. 그 동안 지나온 세월에 많은 일들이 있었지만 내겐 노래가, 음악이 있기 때문에 그렇게 힘들지 않았어요. 어떤 일이 있어도 난 노래만 하면 됐거든요."

그는 10년 전처럼, 20년 전처럼, 35년 전 데뷔할 때처럼, 아니 까까머리 중학생 시절 처음 기타를 잡았을 때처럼 똑같은 마음으로 노래하기 때문이다. 50이 넘었으나 아직도 음악을 얘기할 때는 스무 살처럼 신나고 즐거울 수 있는 이유가.

"얼마 전에 18집을 내셨잖아요. 들어 보면서 또 한번 놀랐어요. 클래식한 그 웅장함과 스케일이 대단하던데 정말 누가 들어도 오로지 조용필씨만이 할 수 있는 음악이라고 생각할 거예요."

"전부터 클래식을 많이 들어 왔어요. 하지만 클래식을 대중적으로 들려 주고 싶다는 차원은 아니고 클래식의 음악적 기법에서 보면 대중적으로 감동을 줄 수 있는 요소들이 분명 있거든요. 그런 것들을 내 것으로 만든 거지요. 앞으로도 이런 작업은 계속 이어질 거예요."

"계획이 벌써 다 세워져 있으신가 봐요?"

"그럼요. 사람이 살면서 목표가 있어야 하지요. 목표가 없으면 이리저리 휘둘려요. 음악도 마찬가지예요. 수많은 노래를 불렀지만 모든 게 하나의 길을 향해 가고 있는 거예요. 작게는 음반 하나에 담긴 곡들도 차례차례 듣다 보면 어딘가 도달하는 곳이 있어요. 이번 앨범도 그렇구요."

"어디에 도달하게 될까요?"

"그건 듣는 이의 몫이지요. 물론 내 자신이 뜻한 바가 있지만 그건 어디까지나 곡을 쓸 때까지이고 일단 노래가 들려지게 되면 그때부터 노래는 내것이 아니에요. 대중의 것이지요."

"그렇다면 앞으로 만들어지게 될 앨범들은 어디를 향해 갈지, 아직은 대중의 것이 아니니까 살짝 귀뜸해 주세요."

"음…… 좀더 깊이 들어갈 거예요. 음악의 순수함 속으로. 나중엔 '듣든지 말든지'가 될지도 모르죠. 노래보다는 곡에 더 비중을 두고 연주 음반까지 염두에 두고 있으니까요. 예컨대 '비가(悲歌)'라는 곡을 계획하고 있는데 말 그대로 슬픈 음악이지요. '비가' 1번부터 4번까지 마치 클래식의 악장을 나누는 개념이라고 할까요? 저에겐 아주 의미 있고 중요한 작업이 될 거예요. '듣는지 말든지'를 각오하더라두요. 하하하."

과자종합선물세트에서 제일 맛있는 걸 감추어 두었다가 맨 나중에 드디어 맛 보는 기분일까? 그는 무슨 숨겨 놓은 보석이 있는 양 '미래'를 이야기하는 내내 즐거워했다. 그리고 보니 그의 새 음반 역시 미래라는 메시지가 끊임없이 부유한다.

"주경기장의 35주년 기념공연에서 새 앨범에 담긴 곡들을 몇 곡 부르셨잖아요. 팬 페이지 들어가 보니까, '태양의 눈' 부르실 때는 감동을 넘어서 충격을 받을 정도로 위력을 느꼈다고 표현되어 있던데, 곡도 그렇고 노랫말도 그렇게 정말 탁월한 창작의 능력을 갖고 계시다는 생각이 들어요. 어떻게 그런 악상이 떠오르세요?"

"곡을 쓸 때…… 제일 처음하고 제일 마지막이 가장 중요하거든요. 음……."

잠시 말을 멈춘 그가 불현듯 일어나더니 키보드 앞에 앉는다. 그러고는 건반을 누르며 무언가 멜로디를 들려 주기 시작한다.

"예를 들자면 이런 리듬에, 이렇게 음을 덮으면, 이런 식으로 새로운 음이 만들어지거든요. 이렇게……. 어때요. 가요에서는 잘 안 쓰는 기법인데 이렇게 시도를 해보면 참 특이하면서 아름다운 음이 나오게 돼요."

그는 짤막한 연주를 하며 중간 중간 심취하기도 했다가 설명을 덧붙이기도 했다가 하면서 '불멸의 작곡가'로서의 면모를 보여 주었다. 건반 앞에 앉은 그를 보며 미래의 어느 날 보컬이 아닌 기타리스트로 회귀하여 자신의 곡을 연주하는 모습을 어렴풋이 상상해 보았다.

어느 기사를 보니, 요즘 젊은 가수들은 툭하면 은퇴를 선언한다고 꼬집으면서 그 옛날 최고의 전성기를 누리던 조용필씨도 3년 후 은퇴를 선언했지만 결국 거짓말이 되었다는 이야기를 에피소드처럼 실어 놓았다. 아직도 그의 전성기는 끝나지 않았을 듯 싶은데 과연 그때의 '거짓말'을 그는 기억하고 있을까?

"이제 옛날 일들은 일일이 다 기억이 안 나요. 그저 어렴풋이 무리한 스케줄에 떠밀려 힘들어 했던 기억들이 떠오를 뿐이에요. 예를 들어 비행기 시간에 빠듯하게 맞춰서 꼬리를 물고 이어지는 방송 스케줄을 마치고 일본에서의 공연을 위해 비행기를 타요. 일본에 도착하면 공항에서부터 인터뷰다 뭐다 또 쫓기기 시작해요. 그러니 힘이 들었지요. 그래도 전 노래를 하면 언제나 즐거웠어요. 아마도 '은퇴'라는 개념보다는 방송이 아닌 '무대'를 선택하겠다는 제 의지를 비춘 말이었을 겁니다."

그러한 결심이 선 이후였나 보다. 어느 날부터 그는 방송에 좀처럼 모습을 드러내지 않았다. 혹자는 그의 전성기가 끝났다고 보기도 했지만 그는 여전히 무대에 있었고 늘 행복했다.

"우리나라에 공연무대라는 게 거의 없잖아요. 방송이 아니면 노래를 부른다는 게 쉽지 않았어요. 그래도 나름대로 꾸준히 연구하고 공부하고, 지금은 제 곁에 좋은 스태프들이 있어서 한결 편해졌지요. 그래도 끊임없이 준비하고 노력해야 해요. 노래를 부르는 무대의 주인공이 늘 앞장서지 않으면 자신이 바라는 무대를 이뤄 내기란 어려운 일이거든요."

강산이 서너 번은 족히 바뀌었을 지금 시대의 가수들은 철저한 상업적 기획에 의해 한시적으로 양산되는 경우가 많다. 그래서 곡을 직접 만들고 부르고 공연무대를 기획하는 능력을 가진 진정한 뮤지션을 만나기가 좀처럼 쉽지가 않다. 그런 요즈음의 가요계를 보면서 대선배인 그는 무슨 생각을 할까?

"우리 때는 악기를 다루는 일부터 시작했어요. 저는 다섯 살 때부터 하모니카를 불었습니다. 당연히 음악에 대한 이해가 바탕에 깔려 있죠. 또 그때는 음악으로 성공해서 돈을 벌겠다는 생각보다는 음악이 너무 좋아서, 주변의 반대를 뿌리치고 각고의 고통을 감수하면서도 그 꿈을 이루겠다는 열정이 가장 컸어요. 물론 대중이 원하는 이미지를 만들어 잠깐의 성공을 거둘 수는 있지만 결국 오래 가는 건 '진실'이에요. 대중이 진짜 원하는 것이 바로 '진실'이거든요."

"데뷔 때부터 지금까지 숱한 세월이 흐르면서 얼마나 많은 일들을 겪으셨어요. 고비도 많으셨구요. 젊은 시절 최고의 인기를 누리면서 매 순간을 참 잘 극복해 내셨는데 대중 앞의 인생을 걷는 사람으로서 그 또한 비상한 능력을 타고나셨다는 생각이 드네요."

"글쎄요. 그런지는 잘 모르겠고…… 정치적 억압이라든가, 열심히 만들었는데 앨범의 반응이 기대 이하라든가 하는 큰일들 앞에서 의연했다는 거겠죠. 왜냐하면 난 다른 게 필요한 게 아니었거든요. 방송 못하게 하면 무대에서 하면 되잖아요. 앨범이 잘 안 됐다…… 그건 그럴 수도 있는 거지요. 안 되기도 해야 그 다음에 발전이 있는 거거든요. 매사에 전 크게 영향받질 않았어요."

어쩌면 세월이 흘러서 그때의 일들이 가물가물해진 것처럼 그때의 힘거움도 가물가물해진 것인지도 모른다. 그는 여러 시대를 겪은 사람이고 '조용필'이라는 거대한 이름을 짊어지긴 했으나 사실은 그도 한 사람의 '자연인'이었을 테니 말이다.

"다만 한 가지, 그때나 지금이나 변함없는 마음이 있어요. 대중 앞에 서는 사람은 끝까지 아름다운 모습이어야 한다는 것. 요즘은 연예인들, 무슨 일 터지면 숨잖아요. 그럴 필요 없어요. 사람이 실수는 할수 있는 건데 자신이 하는 일…… 이를테면 '가수' 다, 그럼 노래로 실수하지 말아야죠. 숨어 있으면 뭔가 석연찮아 보이는 법이에요. 오히려 더 많이 나타나서 당당하게 자신의 재능으로 승부를 걸어야죠."

그의 파워풀한 음악은 다름 아닌 그 자신의 모습이라는 생각이 든다. 만들어낸 것이 아닌 그의 내부에서 건져 올린 팔딱거리는 활어 같은 그것 말이다. 그러한 그의 파워는 인터넷 검색어로 '조용필' 세 글자만 쳐 봐도 금세 알 수 있다. 팬 페이지만도 한 페이지를 훌쩍 넘긴다. 익히 들어왔던 'Feel'이나 '위대한 탄생', '작은 천국', '이터널리', 그 외에도 새로이 생겨난 자그마한 모임들이 줄을 잇고 '전국연합 Phil21'이 생겨났는가 하면 그의 팬들만이 모여 그의 노래로만 방송을 하는 인터넷 방송국도 생겼다.

정말 대단하다. 그러나 정작 그토록 거대한 조직에서 '보스'가 하는 일은 아무것도 없다.

"그 안에 내가 들어가서 직접 무엇인가를 진두지휘한다는 것은 그들을 무시하는 처사라고 생각해요. 그들은 엄청나게 뭉쳐 있고 나름의 자생력이 있어요. 난 그들의 힘을 믿기에 그저 지켜 볼 따름이지요. 참기특한 건, 단 한 번도 나에게 무언가를 부탁하거나 바라지 않았다는 거지요. 몇 줄의 글조차도 난 올린 적이 없는데 그들은 서운해 하지 않아요. 나에게 재산이 있다면 바로 내 팬들입니다.”

아마도 그의 팬들은 그의 카리스마를 닮아가는 모양이다. 그는 정말 ‘부자’ 라는 생각이 든다. 그래서인지 이미 부자였던 그는, 아내의 유산도 전액 사회에 헌사했다. 뿐만 아니라 이미 심장병 어린이를 돕는 재단을 설립해 그간에 쌓은 ‘사랑’ 이라는 탑을 국민에게 되돌려 주고 있다.

그가 불현듯 아내에 대한 그리움에 휩싸일 때 그의 도움으로 삶의 희망을 얻는 이들은 두 사람을 생각하며 ‘고마움’ 에 잠길 것이다. 요즘은 마음을 많이 추슬렀는지 조심스런 나의 질문에 선선하게 답변을 한다.

“아무리 일을 해도, 아직은 허전함이 채워지지 않으시죠?”

“그렇죠. 워낙 살갑게 지냈으니까요. 하루에 ‘여보’ 소리를 백 번도 더 했어요. 여보여보여보여보…… . 아내를 잃는다는 게…… 그게 참, 그렇더라구요.”

그가 잠시 생각에 잠기다 말을 잇는다.

“86년에 아버지가 돌아가셨는데 노환으로 오랫동안 고생하셔서 다들 마음의 준비를 하고 맞이한 임종이었어요. 그래서 울기야 많이 울었지만 5일장을 비교적 정신 차리고 잘 치러 냈어요. 5일장 마치고 처음으로 집에 돌아와 잠을 자고 아침에 일어났는데 아버지가 안 계신 거예요. 그때서야 우리 아버지가 돌아가셨구나⋯⋯ 이젠 안 계시는구나⋯⋯ 하는 생각이 갑자기 몰려 오면서 순간 멍해지더라구요. 그러고 나서 몇 해 후에 어머니가 돌아가셨죠. 그때도 그랬어요. 아침에 일어나서 아, 이젠 어머니도 안 계시는구나⋯⋯ 두 분 다 안 계시는구나⋯⋯."

잠시 말이 끊겼다. 하지만 나는 섣불리 입을 열지 못하고 있었다. 그가 천천히 말을 이어간다.

"마누라 떠나고 나서 그때 알았어요. 아버지 돌아가셨을 때 이부자리 펴놓고 멍하니 앉아 계시던 어머니 마음이 어떤 거였는지."

나는 가슴이 울컥했다.

먼 기억 속으로 달아나 그리움으로 일렁이는 그의 눈빛을 더 보기가 아파서 나는 그만 고개를 떨구었다. 그의 가슴에 새겨진 아련한 인생의 흔적들이 언젠가는 나에게도 찾아 오리라. 그럴 때 나는 어떻게 해야 하는가. 아, 생각만 해도 가슴이 저리다.

"네 번, 꿈에 나타났어요. 세 번은 표정이 안 좋아서 잠에서 깨고 난 후 내내 마음이 무거웠죠. 근데 네 번째 나타났을 때는 표정이 좀 밝더라구요. 다시 보고 싶은데 요즘엔 통 꿈속에도 찾아 오질 않네요."

떠나던 날 아침 그는 아내를 위해 정성껏 미역국을 끓였었다. 수술이 잘 되었다고, 미역국을 잘 먹는 걸 보니 회복도 잘 될 거라고 생각했는데 그녀는 남편이 자신의 품으로 돌아온 뒤 단 하루를 버티지 못하고 떠났다.

"문득문득 화가 나요. 갈 사람이 아니었는데, 내가 공연 때문에 떨어져 있어서 혼자 수술을 받았잖아요. 그리고 혼자 병실에 누워 있자니 얼마나 답답하고 외로웠겠어요. 움직이지 말았어야 했는데…… 그게 참 안타까워요."

그녀는 남편이 온다는 소식을 접하자마자 서둘러 집으로 몸을 움직인 것이다. 그리고 남편의 품에서 잠들었다.

"참 소녀 같은 사람이었어요. 사업을 한다는데, 나는 도무지 어떻게 그 일을 해낼까 싶을 정도로 어리광도 많고 순수하고…… 아기 같은 사람이었어요. 지금도 여보여보여보 하고 날 부르던 모습이 자꾸 떠올라요."

두 사람은 하늘이 질투했다는 얘기를 들을 정도로 헤어지기 아까운 인연이었다. 처음 본 순간 결혼해야겠다는 결심이 서서 세 번째 만나는 날 그녀에게 마음을 고백했는데 알고 보니 그녀도 똑같은 마음이었단다. 세상의 인연이 분명히 있구나, 실감을 하며 두 사람은 부부가 되었고 참 예쁘게 살았다.

"꿈이 있었어요. 마누라는 일을 정리하고 나만 따라다니고 싶어 했어요. 더 바라는 것 없이 둘이서 그렇게 지내고 싶었죠. 열 번 공연하면 똑같은 자리에 앉아서 열 번을 다 보았던 사람인데……."

이제 그녀는 떠났고 35주년을 기념하는 역작을 만들었던 그 자리에도 그녀는 부재했다. 그 자리에서 그는 아내를 생각하며 만든 곡 '진'을 불렀다.

'바람이 창문을 흔드네. 닫혀진 커튼을 걷으며 눈물겹게 사랑한 다고, 이 말이 하고 싶네. 아득한 밤 하늘 저 넘어 속살 같은 별빛 하나 가 울지 말라고 울지 말라고 깜빡이고 있네. 가슴 깊이 저리는 밤 눈을 감네. 그대 모습 더 가까이 하기 위해.'

비가 쏟아지던 그날, 주경기장의 하늘은 아주 낮았다. 마치 그녀 가 남편의 노래에 귀 기울이고 있는 것처럼.

"만약에…… 아내를 한 번 더 볼 수 있다면, 하고 싶은 말이 있으세 요?"

"사랑한다고…… 사랑한다고……. 그 말이 하고 싶지요."

그 말이 또 한 번 듣고 싶어서 꿈속에라도 그녀가 다시 찾아오지 않 을까. 아내의 생각에 잠겨 있는, 웃지 않는 얼굴에 보이지 않던 주름이 스친다.

"이제 그 얘긴 그만 하죠. 마음이 좀 그렇네."

그가 다시 웃는다. 그러고는 카메라를 향해 마지막 포즈를 잡으며 경쾌하게 한 마디를 던진다.

"난 사진은 아직도 쑥스러워. 코밑에 뾰루지 난 건 좀 지워 주세 요."

그의 활짝 웃는 모습이 하얀 셔츠만큼이나 밝다.

조용필

그에겐 노래가 있고 팬들이 있다. 그의 노래를 모두 가진 팬들은 영원히 그를 외롭게 하지 않을 것이다.

뒷산을 몇 번 더 오르면서 두 그루의 소나무는 마주 서 있으나, 그 중 한 그루가 더욱 기댄 듯한 모습이어서 실은 더 보기 좋았음을 알았다. 그리고 산을 오를 때는 왼쪽에 선 나무가 더욱 기대어 보였으나 산을 내려올 때는 오른쪽 나무가 더욱 기대고 있음을 깨달았다. 지금도 그 둘 사이에는 해마다 겨울 바람이 시작될 때면, 지난 계절의 담백한 열매가 도란도란 구르고 또 구른다.

숨 과 숨 사 이 의 여 백

임 성 훈

그만한 위치에 그만한 나이면 대개 골프를
치러 다닌다. 하지만 그는 아직도 헬스클럽을
다니고 산악자전거를 탄다. 담배를 끊은 지도
9년째. 술자리는 가급적 피하고 혹시
가더라도 다음날 아침 6시 30분까지,
몇 시간을 잘 수 있나 계산한다.
그는 앞으로도 젊은이만큼 할 일이 많으며
또 꿈을 이룰 자격이 충분히 있는 사람이다.
그러고도 그는 여전히 젊어서 아내와 함께
지팡이를 짚지 않고 세계일주를 해낼 것이다.
마치 꿈 같은 신혼처럼 말이다.

옆 집 소나무는 참 멋지다. 동네에 얼마짜 리라고 소문이 났을 만큼 모양이 품난다.

우리 집 소나무는 얼마짜리인지 모른다. 그다지 품은 나지 않지만 이사 오기 전부터 돋보이게 심어져 있었던, 꽤 크고 의젓한 소나무다. 돋보인다 함은 다른 나무들은 담장을 둘러치듯 종종이 심어졌는데 유독 이 한 그루의 소나무만큼은 마당 안으로 불쑥 튀어나와 묵직한 바위도 한 덩이 앞에 두고 대접받고 있다는 뜻이다.

나는 날이 좋으면 가끔 그 소나무 밑에 홑이불 한 장을 척 펼치고 앉아 책을 읽거나 졸거나 또는 명상을 한다. 전에는 정말 가끔 있는 일이었으나 '음이온'이 좋다는 말이 하도 들려서 요즘은 자주 그 소나무 아래 가서 앉아 있어 본다.

전에는 책을 읽거나 명상을 하기보다는 꾸벅 꾸벅 조는 일이 더 많았는데 그 '대단한 음이온' 얘기를 듣고 요즘은 조는 일을 가급적 안하고 주로 명상을 한다.

명상법이야 다양하게 있지만 나는 별 구애받지 않고

그저 숨만 쉬는 것으로 '명상을 한다' 친다.

그렇게 숨을 쉬다 보면 숨 쉬는 나를 발견하고 숨 쉬는 나를 발견하면 '어떻게 숨을 쉬고 싶어 하는 나'인지를 생각해보게 된다. '숨'의 종류에 따라 장단점이 고루 있어서 자주 '나'에 대한 분석이 엇갈리는데 한 번은 그렇게 골똘히 숨을 쉬다가 졸음이 와서 슬쩍 눕게 되었다.

누우니 매일 같은 높이였던 소나무가 불쑥 몇 년은 더 지나온 것처럼 훨씬 커보였다. 그리고 이제야 비로소 '폼'이 아닌 '틈'이 확연하게 눈에 들어왔다. 가지와 가지 사이, 잔가지와 잔가지 사이를 투과하며 음이온이 쏟아졌다. 나는 좀 더 크게 숨을 마시고 숨과 숨 사이의 보이지 않던 여백을 찾아 무호흡을 시도해 보았다. 그런데, 무호흡은 결코 '없음'이 아니었다!

그는 사적인 인터뷰는 거의 안 하는 사람이다. 후배의 부탁을 거절하지 못하고 어렵게 시간을 내주었는데, 대답을 꺼릴 수도 있는 사적인 질문을 어떻게 해야 할지 나도 내심 걱정이었다.

그런데 그는 환히 웃으며, 다행히 방송이 있어서 분장이 된 상태라 사진에 잘 나올 것 같다며 먼저 분위기를 편안하게 풀어 주었다. 한쪽에 내가 버티고 서서 사진을 찍는 장면을 지켜보는 것이 민망했는지 우스갯소리도 한마디 던진다.

"우리 집사람이 오늘 인터뷰한다고 하니까 자기 나이 절대로 말하지 말래요. 주변에서 너무 어려 보인다고 감탄들 하는데 괄호하고 나이 몇! 이렇게 나오면 이미지 손상된다고. 그거 하나만 절대 비밀이에요."

"어머, 그럼 그 얘기까지 다 써야겠네요. 하하하."

분위기가 밝아지며 그가 자연스럽게 웃는 모습이 카메라에 비쳤다. 그리고는 꽤 여러 컷 되는 사진을, 심지어 횡단보도에 파란 불이 켜져 있는 동안 길을 건너는 모습을 찍고, 빨간 불이 들어오기 전에 얼른 되돌아 뛰어오는 일까지도 개구쟁이처럼 웃으며 즐겁게 해 주었다.

지금으로부터 30년 전이라면 내가 일곱 살 때, 가슴에 하얀 손수건을 달고 처음으로 '학생'이 되었을 때다. 그때 그는 가슴에 부푼 꿈을 안고 처음으로 카메라 앞에 앉았다. 그것은 그에게 있어서 그 후 30년, 오늘에 이르기까지와 앞으로도 펼쳐질 그의 인생 전반을 결정짓게 만든 최대의 사건이었다.

"그때 프로그램 제목이 '살짝기 웃어예' 였어요. 담당 프로듀서가 김웅래 PD였는데 지금은 자타가 공인하는 개그·코미디 계의 거목이지요. 그때 제가 막 대학 졸업하고 사회인으로서 첫발을 내딛을 준비를 하던 시기였는데 어느 날 갑자기 그분한테서 연락이 온 거예요. 패널로 출연해 달라고요."

'살짝기 웃어예'는 74년 TBC에서 방영했던 대학생 대상의 오락 프로그램이다. 각 대학의 명물들을 소개하고 주인공을 초대해 토크를 하는 형식이었다.

연세대학교의 명물 응원단장 '임성훈' 이라는 이름이 대학가는 물론이고 방송국에까지 그 명성이 전해졌고 드디어 그가 '캐스팅' 된 것이다.

"원래 제 꿈은 외교관이었어요. 대학에서 서양사를 전공했는데 외교관이 되고 싶어서 영어·일어·중국어 등 외국어를 열심히 공부했지요. 그런데 뜻밖에 방송출연 제의를 받고 나자 제 꿈이 흔들리더라구요. 그래서 부모님께 의논을 드렸죠."

그는 혹시 자신이 바람이 든 게 아닌가 걱정했다. 그래서 처음에는 김웅래 PD를 직접 만나 고민을 털어놓았다. 괜히 바람 들어서 방송국 몇 번 오가고 그러다 자신의 꿈도 이루지 못하고 방송도 흐지부지되고 마는 것은 아닌가 걱정이 되어서 출연하지 않는 것이 좋을 것 같다고, 정중히 거절의 뜻을 밝힌 것이다.

그러나 김웅래 PD는 끝까지 설득했고 결국 그는 마지막 단계로 부모님과 의논을 하기에 이르렀다. 결론은 OK!

"저희 어머니가 무척 개방적이고 시원시원한 분이세요. 그때는 연예인이 되는 것을 그리 달가워하지 않는 부모님들이 많았는데, 저희 어머니는 걱정 말고 멋지게 한번 해 보라고 적극 밀어주셨어요. 그래서 드디어 처음으로 방송이라는 것을 하게 되었죠. 그때 같이 출연했던 여대생이 두 명 있었는데, 그중 한 사람이 바로 최미나씨예요."

그의 첫 방송은 최미나씨와의 첫 인연이기도 하다. '임성훈·최미나' 두 사람은 한국 최초의 남녀 더블 MC의 장을 연, 이른바 방송사적 인물이다.

임성훈

"방송사 간부들이 우리 두 사람을 눈여겨 봤었나 봐요. 그때 '가요올림픽'이라는 쇼 프로그램이 있었는데, 이듬해 개편하면서 우리 두 사람을 전격 발탁했어요. 신인을, 게다가 남녀를 '더블 MC'로 기용하는 파격적인 캐스팅이었죠. 그러면서 저는 새로운 꿈을 키우게 됐어요. 훌륭한 방송인이 되는 꿈이요."

그는 꿈을 이루었다. 30년째 '훌륭한 방송인'의 한결같은 모습으로 매일 브라운관을 통해 마주치는 그를, 까마득한 후배인 나는 존경한다.

그가 만약 가수로서 30주년을 맞이했다면 지금 세종문화회관 대강당에서 화려한 스포트라이트를 받으며 열창을 하고 있을지도 모를 일이다. TBC 시절 '시골길'이라는 노래로 가요대상을 수상한 경력도 있을 만큼 다재다능한 끼와 응원단장으로서 유감없이 발휘했던 리더십을 모아 그는 방송인으로서 '최고'가 되었다.

그러나 지금도 여전히 그는 처음처럼 방송한다. 초심을 잃지 않았기 때문이다.

"하루도 빠짐없이 되새기며 조심하는 세 가지가 있어요. 타성에 젖는 것, 교만해지는 것, 그리고 불성실한 것. 이 세 가지를 매일매일 조심하며 늘 긴장하죠. 물론 오래 하다 보니 어떤 때는 꾀를 피우고 싶기도 해요. 특히 아침 방송은 일어날 때마다 참 힘들어요. 그럴 때 '꾀'를 '기대'로 바꾸죠. '오늘은 어떤 방송이 될까?' 하고 잠깐 생각해 보면 기대감에 부풀어서 다시 처음처럼 겸손하고 성실하게 방송에 임하게 돼요."

그는 매일 아침 6시 30분에 일어난다. 방송국에 도착하면 언제나 방송 두 시간 전. 30년 전이나 지금이나 또 앞으로 30년이 다시 지나도 그것은 변함이 없을 것이다.

나는 그와 두 번 방송을 한 경험이 있다. 한 번은 몇 해 전 내가 진행했던 토크쇼 '허수경과 두 사람'에서 그를 게스트로 초대했었고, 또 한 번은 대한민국의 명의들만을 초대해서 특집으로 꾸민 건강 시리즈 프로그램에서 공동 MC를 맡았었다.

223

숨과 숨 사이의 여백

첫 번째 경험에서 놀란 것은, 자신이 진행하는 프로그램 외에는 단한 번도 개인적으로 출연을 해본 적이 없다는 사실이었다. 그 후에도 그는 다른 프로그램에 게스트로 출연한 일이 없다.

두 번째 경험에서 또 놀란 것은 두 시간 전에 이미 방송국에 당도해 나를 기다리고 있었다는 점이다. 나는 한 시간 전에 도착했었는데, 그것도 평소에 초 다툼으로 도착하는 내가 대선배를 의식해 나름대로 최대한 일찍 서두른 것이었다. 그는 내가 도착하자마자 대본 읽기에 들어갔다.

당시 채 10년도 안된 나는 대본을 그렇게 소리 내어 한 줄 한 줄 맞춰보는 일을 그만둔 지 오래였다. 그리고 나와 함께 진행했던 파트너들은 대부분 각자 대본을 소화하고 현장에서 호흡을 맞추어 왔기 때문에 잘 맞는 파트너와는 아주 훌륭하게, 그렇지 않은 경우에는 그럭저럭, 혹은 아슬아슬하게 넘어가는 식이었다. 그런데 방송 경력 30년을 바라보는 선배가 마치 신인처럼 대본에 줄을 그으며 소리 내어 읽는 것이었다.

진행 대본을 보면 더블 MC의 경우 서로 해야 할 말들을 '임:……, 허:……' 식으로 번갈아 적어 놓는다. 대본을 읽어보다가 어느 부분 어색한 곳이 나오자 그는 이내 줄을 긋고 동그라미를 치면서 구성을 재배치했다.

'허'의 말이 잘려나가게 되자 그는 '임' 자를 '허' 자로 고쳐 쓰며 자신이 하기로 되어 있는 말을 내가 하는 것으로 바꾸어주었다. 나는 그냥 선배님이 하셔도 된다고 말했다. 그러자 그는 손을 내저으며, "아니에요. 서로 균형이 맞아야지⋯⋯. 이건 수경씨가 말하는 게 더 어울릴 것 같아요" 하는 것이다. 나는 또 한번 놀랐다.

"더블 MC들이 서로 한마디라도 더 하려고 다투는 경우가 있는데 참 바보 같은 짓이에요. 시청자들은 그 속까지 다 꿰뚫어 봐요. 얼마나 보기 싫겠어요. MC는 혼자든 둘이든 혹은 그 이상이든 서로 협력해서 전하고자 하는 메시지를 정확하게 잘 전달하는 게 목표가 되어야 하는데 자신이 더 잘났다고 주장한다면 그건 자신이 무엇을 해야 하는지조차 제대로 파악하지 못하는 거지요."

성공은 99%의 노력과 1%의 운으로 만들어진다고 한다.

그에게도 1%의 운은 있었다. 그의 표현으로는 시운(時運)이 그것이다.

"방송인으로서 장수를 하려면 한결같은 모습이면서 동시에 끊임없이 새로워져야 한다는 숙제를 풀어야 하죠. 자신의 장점을 최대한 살리면서 소위 '이미지' 변신이라는 것을 해야 오래 보아도 지겹지 않거든요. 그런 면에서 저는 운이 좋았어요. 쇼 프로그램으로 데뷔를 했는데 어느 순간 교양 프로그램을 해야겠다는 생각이 들더라구요. 그런 생각이 들면 얼마 지나지 않아 마치 미리 준비된 것처럼 기회가 왔어요. 1980년부터 1990년까지 '가요 톱 10'을 11년 6개월 동안 했는데,

1986년에 '100분쇼'까지 맡으면서 이러다 쇼 MC로 굳어지는 거 아닌가 걱정을 했거든요. 그런데 1987년 '생방송 전국은 지금'의 MC를 맡게 되었죠. 그렇게 소망대로 교양 프로그램 MC로의 이미지 변신을 했어요. 그러다 또 욕심이 생기더라구요. MC라면 토크쇼 한번은 해 보고 싶잖아요. 그런데 제 속마음을 하늘이 어떻게 알았는지 심야 토크쇼 '밤으로 가는 쇼(밤과 음악 사이)'의 진행을 맡게 되었어요. 그렇게 시간이 흐르고……나이를 먹게 되잖아요. 그래서 젊은 친구들하고 자꾸 멀어진다 싶어서 고민을 했는데, 또 마치 준비된 것처럼 1994년 '사랑의 스튜디오'를 진행하게 됐어요. 그때 우리 아들들 덕을 많이 보았죠. 세대 차이 느끼지 않게 젊은이들 유행어도 배우고 사고방식도 이해하고……. 덕분에 젊은 팬 층을 두텁게 얻게 됐어요. 지금 제가 하고 있는 아침방송 '10시 임성훈입니다'도 프로그램 타이틀에 내 이름을 걸고 싶다는 소망이 척척 맞아준 거죠. 돌이켜 볼수록 제가 참 시운을 타고났다는 생각이 들어요."

그는 장르를 가리지 않는 '크로스 오버 MC'로서 성공을 했다. 뿐만 아니라 프리랜서로는 거의 불가능한 보도국 주관의 대선 개표방송에서 두 시간 동안 진행을 맡는 이변을 만들기도 했다. 그의 생각대로 찾아와 주는 기회가 운이라 할지라도 그것을 소화해 내는 능력은 분명 자신의 고유한 노력이 만들어낸 결과일 것이다. 온갖 장르를 넘나들며 장수하게 된 숨은 비결이라도 있는 것일까?

"방송인에게 카리스마는 무척 위험하다고 생각해요. 오히려 무색 무취해야 하지요. 가령 어떤 유행어를 만들어 놓고 그걸 평생 어디서나 한다고 생각해 봐요. 곧 구태의연해지지요. 카리스마는 이미 보여 준 것보다 더 강력한 새로운 것을 개발하지 않으면 더 이상 살아남을 수가 없어요. 방송인은 자신이 주인공이 되어선 안 된다고 생각해요. 제 방식은 그래요. 프로그램을 처음 맡으면 스태프와 시청자가 먼저 밑그림을 그리고 나는 색칠만 해요. 그 프로그램에서 내가 해야 할 몫을 충실히 하는 것 말고는 나에게 먼저 맞추는 것은 없어요. 방송은 시청자를 위해서 존재하는 것이지, 나를 위해 존재하는 게 아니잖아요."

그의 숨은 비결은 '자신을 낮추고 먼저 맞추는 것'이다.

그것을 통해 얻는 보람은 그의 팬들이 하루하루 늘어가는 것이라고 한다.

그는 지금 SBS '순간포착, 세상에 이런 일이', '솔로몬의 선택', MBC '토크쇼, 임성훈과 함께', '생방송, 퀴즈가 좋다' 등 공중파에서만 모두 4개의 프로그램을 진행하고 있다. 30년간 물론 동시에 진행하는 프로그램 수가 많거나 적거나 변동이 있기는 했지만 단 한 번도 완전히 쉬어 본 적이 없다.

그의 노력과 시운이 그것을 가능하게 했지만 또 하나 가장 큰 공을 세운 이는 바로 그의 아내이다. 일요일에도 밤 늦도록 스케줄이 있고 30년간 단 한 번도 쉰 적이 없는 남편은 아내에게 과연 어떤 노력을 기울었을까, 나는 그것이 참 궁금했다.

"이 세상에서 제가 가장 사랑하는 여자가 제 어머니하고 제 아내
예요. 어머니는 연세가 그렇게 많으셔도 제 방송을 일일이 모니터하시
고 다른 사람들은 알 수 없는 나만의 실수를 정확히 짚어내는 분이죠.
아내는 저와 동업자예요. 저의 방송은 아내가 함께하는 것과 다름없지
요. 집안 모든 일을 아내가 해결하고 저는 오로지 방송에만 몰두하게
해 줘요. 참 고맙고 또 너무나 미안하죠."

그는 30년 동안 여행을 딱 두 번 갔다. 한 번은 가족여행으로 2박 3
일 제주도에 다녀온 것이고 다른 한 번은 아내와의 여행이었다.

"그때 애틀랜타 올림픽이 있었어요. 그래서 올림픽 생중계 때문
에 아침방송이 일주일간 없더라구요. 당장에 아내의 제일 친한 친구가
있는 호주행 비행기표를 샀어요. 아내는 혹시라도 하루 이틀 시간이
나면 무조건 집에서 쉬라고 하거든요. 왜 여행 한번 안 가고 싶겠어요.
그렇지만 단 한 번도 그런 속마음 비치지 않고 그저 집에서 좀 푹 쉬라
고, 자긴 괜찮다고 그랬거든요. 비행기표를 끊어 놓지 않으면 결국 또
못 갈 거다 싶어서 아예 준비를 다 해 가지고 아내에게 말했지요. 우리
호주 가는 거야…… 진짜로 가는 거야……. 이것 봐. 비행기표야. 내일
아침에 가는 거야."

아내는 비행기표를 보고서야 정말 갈 수도 있겠다는 생각을 했다
고 한다. 너무 믿기지가 않아서 내내 얼떨떨해 하는 아내를 보며 그는

비행기표를 끊어놓기를 잘했다고 몇 번이나 되새겼다고 한다. 그렇게 떠난 4박 5일간의 호주여행. 그것이 결혼 이후 처음이자 지금까지 마지막 부부여행이 되었다.

물론 그 이후에도 지금까지 아내는 늘 그랬던 것처럼 '여행'이라는 단어를 입에 담지 않는다. 아내 또한 방송은 그 어떤 것보다 우선이기 때문이다.

"제가 1976년에 결혼을 했거든요. 연애를 6년 했는데 74년에 데뷔를 했으니까 아내는 제 대학 시절부터 방송에 입문하고 지금에 이르기까지 모든 것을 함께 겪은 사람이지요. 그래서 아내는 방송하는 남편을 뒷바라지하는 것을 숙명으로 생각해요. 지금껏 단 한 번도 큰소리 낸 적 없고 늘 참하고 조용한 모습으로 저를 도와주었지요. 저는 오로지 방송만 하고 그 이외의 것들은 다 아내가 도맡아 해요. 저는 집안 일로 골치 아파 본 적이 전혀 없어요. 집안이 편해야 밖에서도 잘 된다고 하잖아요. 그 말이 정말 맞는 것 같아요."

아내는 집안의 경제에서부터 살림은 물론 육아에 이르기까지 말 없이 척척 해결해주는 '유능한 천사'다.

심지어 이사를 할 때도 그는 아내만을 믿고 오로지 방송만 했다고 한다.

"어느 날 이사를 가게 되었어요. 전날 저녁에 집에 들어갔더니 올망졸망 짐을 싸놓은 게 보이더라구요. 그래도 전 무조건 쉽게 해요. 그리고는 다음날 아침 쪽지를 주더라구요. 이사 갈 집 주소래요. 그래서 저는 방송을 끝내고 주소를 찾아 새집으로 들어갔어요. 너무 미안하고 정말 고맙고…… . 제 아내에 대한 마음은 이루 다 설명이 안 돼요."

그래서 그는 틈틈이 아내에 대한 마음을 전한다.

아내가 갖고 싶어 하는 물건을 눈치 채면 그것을 사다가 숨겨놓고 깜짝쇼를 한다거나 생일이나 결혼기념일은 절대 잊지 않고 꽃을 선물한다. 꽃을 선물할 때는 반드시 리본을 크게 달고 거기에 사랑의 메시지를 담는다.

"어떤 때는 꽃집 주인이 저를 한번 쳐다봐요. '아마 나는 당신을 사랑할…… 걸~'이라고 써달라고 했거든요. 임성훈이라는 사람이 그런 닭살스런 멘트를 하니까 신기했나 봐요. 그런데 더 재밌는 건 제 아내가 글쎄 그 리본들을 다 모아두었더라구요. 꽃은 시들면 버리지만 그 리본은 따로 떼어서 차곡차곡 모은 거예요. 언젠가 한번 그걸 다 읽어봤는데 제가 봐도 진짜 닭살이에요. 하하하."

뿐만 아니라 그는 아내의 표정을 늘 살핀다. 함께 텔레비전을 보면서도 그는 브라운관보다는 아내의 얼굴을 더 많이 본다고 한다. 표정이 밝지 않으면 기분 좋게 만들어 주기 위해서다.

"제가 집에서는 좀 까불어요. 애들하고 장난도 많이 치고…… . 아내가 그러는데 꼭 어린애 같대요. 제가 왕년에 응원단장이었잖아요. 그래서 사람들 웃기고 분위기 조성하는 거 꽤 소질이 있거든요. 방송에서는 점잖지만 집에서는 까불대면서 개그맨 흉내도 내고 우스운 포즈도 취하고……. 한번은 밥을 먹는데 아내가 좀 다운되어 보이기에 말장난을 시작했어요. 아내가 처음에는 그냥 지나가려고 하다가 제가 끈질기게 재롱(?)을 피우니까 어느 순간 밥 먹던 게 푸하하 튀어나오면서 바로 업! 되더라구요."

그가 아내 복이 있는 것처럼 그의 아내도 남편 복이 있다는 생각이 든다.

두 사람에게는 자식 복도 있어서 아들 둘 역시 방송하는 아버지에 맞춰 사는 것을 숙명으로 생각하고 말썽 한번 없이 잘 따라주었다. 지금은 두 아들 모두 대학을 졸업했고 큰아들은 아버지의 영향을 받아 언론 계통으로 진출할 예정이란다.

여행도 아버지에게 조르기보다는 나름대로 각자 방도를 찾아 친구들과 꽤 많은 곳을 돌아다닌다고 한다. 이제는 두 아들도 다 컸고 그의 나이도 인생의 휴식을 조금씩 그리워하게 될 즈음이다. 그는 요즘 무슨 생각을 할까?

"방송에서 마지막으로 남은 욕심은 끝까지 최선을 다하다가 명예롭게 퇴진하는 거예요. 진지하면서도 다이내믹한 제 나름의 토크쇼를 멋지게 하나 해보고 싶어요. 마지막까지 시운이 있어 준다면 꿈을 이룰 수 있겠지요."

나는 그의 운을 믿기보다 그의 노력을 믿기 때문에 꿈은 이루어지리라고 본다.

"방송을 떠나게 된다면 그 다음엔 무엇을 하고 싶으세요?"

"제 친구들이 그래요. 나중에 지팡이 짚고 여행 다닐 거냐구요. 늘 일만 하며 사는 제가 안쓰럽나 봐요. 하지만 아직도 일은 제게 최우선이에요. 명예롭게 방송을 떠나게 된다면 지팡이를 짚든 그렇지 않든 아내와 함께 세계여행을 할 거예요. 말로만 듣던 크루즈 여행도 꼭 해 볼 거구요. 그래서 전 노후 대책도 여행을 목표로 삼아요."

그만한 위치에 그만한 나이면 대개 골프를 치러 다닌다. 하지만 그는 아직도 헬스클럽을 다니고 산악자전거를 탄다. 담배를 끊은 지도 9년째. 술자리는 가급적 피하고 혹시 가더라도 다음날 아침 6시 30분까지, 몇 시간을 잘 수 있나 계산한다.

그는 앞으로도 젊은이만큼 할 일이 많으며 또 꿈을 이룰 자격이 충분히 있는 사람이다. 그러고도 그는 여전히 젊어서 아내와 함께 지팡이를 짚지 않고 세계일주를 해낼 것이다. 마치 꿈 같은 신혼처럼 말이다. 그때 아내의 나이는 몇일까? 문득 괄호 안이 궁금해진다.

음이온은 죽어가는 식물도 살린다는데 소나무 밑에 심었던 해바라기나 코스모스, 채송화, 은방울꽃, 우단동자…… 왜 모두 살지 못했는지 궁금하다. 소나무 자신의 강력한 향기 때문에 주변에 심어진 식물들이 제대로 숨을 쉬지 못한다는 얘기를 듣고 그 의문이 조금 풀리긴

했다. 그러나 아직도 궁금하다. 금낭화만큼은 소나무 바로 밑에서 한 번도 시든 적 없이 봄마다 꽃을 피우니 말이다. 이젠 소나무가 궁금한 게 아니라 금낭화가 궁금하다.

구 도 하 는 순 백 의 시 선

임 권 택

'아버지, 혹시 저를 사랑하지
않으신 건 아닌가요?' 하고 묻는
아들과 '아버지가 어떻게 자식을
사랑하지 않을 수 있나요?' 하고
반문하는 아버지는 서로 그
얼굴이 똑같이 닮아있을 뿐
아니라 서로의 사랑을 갈구하는
눈빛 또한 꼭 닮아 있을 것이다.

꽃 피는 춘삼월 늦은 오후, 아직은 쌀쌀했지만 나는 알몸이 되어 밖으로 나가기를 주저하지 않았다. 쏜살 같은 냉기에 정신이 멎을 찰나, 펄펄 피어 오르는 온천 탕이 이윽고 나를 덮자 흡습한 공기를 뚫고 하늘이 보였다.

그때였다. 내 콧잔등으로 낙화한 한 송이의 눈꽃이 녹을 틈도 없이, 와락와락 흰눈이 날리기 시작한 것은.

둥게둥게 둘러싼 바위며 나무들은 삽시간에 눈꽃을 피웠다. 해가 지기 시작하자 추스를 겨를도 없이 어둠은 시작되었고 어둠 역시 와락 달려들며 펄펄 날리는 눈송이들을 더욱 희게 비추었다. 냉동실의 각진 얼음처럼 얼굴이 곧 얼어버릴 것 같았지만 나는 그대로 고개를 들어 하늘을 보는 일을 멈추지 않았다.

눈으로 눈이 들어왔다. 눈이 계속 들어왔다. 도저히 눈을 뜰 수 없을 만큼 그렇게 눈이 펄펄 쏟아졌다.

머리에 뜨거운 물을 한 바가지 쏟아 붓고 정신을 차렸을 때, 나는 그 소나무를 보았다. 키는 크지 않았으나 멀리 멀리 손을 뻗은 소나무 한 그루가 사실은 아까부터 거기 있었다.

별달리 주목할 만한 특징이 없는, 그저 한 그루 있을 법한 나무였는데. 언제부터 뻗었을지 모를 손을 진종일 가만히 둔 채 그 나무는 아직도 먼 산을 바라보고 있었다. 그 위에 차곡차곡 눈이 쌓인다. 그리고 또 눈이 눈을 덮는다. '휘영청 푸른' 소나무가 아닌 희고 흰, 소박한 소나무를 보는 심정이란…… 그만 눈물이 얼었다.

239

구도하는 수백의 시선

내가 세상에 존재하지 않았던 어느 날, 청년은 반질반질 윤이 나는 교복을 입고 시골 읍내 통학길을 걷고 있었다. 마주치는 어른들께 꾸벅 인사를 할 때마다, 이따금 지나치는 군용 지프가 흙먼지를 날리며 저만치 멀어질 때마다 그는 생각했다. 서울에 가면 자신의 꿈을 이룰 수 있을 것이라고.

1959년, 청년은 마침내 상경했다. 당시에 유일했던 대중잡지 〈아리랑〉과 교양전문지 〈사상지〉를 합한 새로운 형태의 잡지인 〈현대생활〉이 출간되면서, 그가 문화부 기자로 첫 출근을 하게 된 것이다. 그리고 얼마 자나지 않아 청년은 놀랍게도 취재부장이 되었다. 그 사이 배우 김지미는 영화 '황혼열차'로 데뷔했고 '잡지사 부장님'은 영화배우들과 친구가 되었다.

당시 충무로에는 서로 마주보던 두 개의 다방이 있었다. 주연급 배우가 드나드는 스타다방과 조연급 배우가 드나드는 태극다방. 스태프들은 마치 약속이라도 한 듯이 모두 명동에 있는 항아리라는 다방에 모였다.

그는 세 군데의 다방을 두루 돌며 영화인들을 만났고, 그러던 어느 날 가장 친한 친구였던 배우 한재수씨에게 두툼한 원고뭉치를 내밀었다. 그것은 바로 시나리오였다.

이야기가 이쯤 되면 시나리오 작가 내지는 영화감독으로서의, 한 청년의 성공기가 펼쳐질 만하다. 혹자는 이 글이 임권택 감독의 데뷔

임권택

일지 정도로 상상할지도 모를 일이다.

이 이야기의 주인공은 나의 아버지이다. 이야기 속의 청년은 지금 시나리오 작가도, 영화감독도 아니다. 아버지가 청년시절의 꿈을 접고 전혀 생각지도 못했던 새로운 인생길에 접어든 기로에 '5·16'이 있다. 그리고 요즘 영화관에서는 치열하다 못해 처절하기까지 했던 5·16의 삶이 마치 돋보기를 씌운 듯 상영되고 있다.

아버지는 5·16을 겪으며 불현듯 해군사관생도가 되었다. 친구가 쓴 시나리오를 보고 신이 나서 충무로를 정신없이 뛰어다니던 영화배우 아저씨와, '드디어 꿈이 이루어지는가 보다' 하며 매일 매일 밤잠을 설쳤던 나의 아버지가 5·16을 기점으로 그렇게 헤어지고 만 것이다.

그 후 진해에 머물렀던 아버지는, 유현목 감독의 영화 '성웅 이순신' 촬영팀이 진해로 오면서 영화배우 친구와 한 번 더 조우했다고 한다. 그 때 이름 모를 다방에 마주앉은 두 사람은 톰 존스의 '그린필드'를 들으며 시나리오 따위는 내내 잊어버리기로 했다. 그리고 그 후로 아버지는 다시는 시나리오를 쓰지 않으셨다.

15년 전, 내가 첫 방송을 앞두고 잠 못 들었던 날 밤, 격려 대신 들려 주셨던 당신의 옛날이야기를 오늘 새삼 펼쳐 본다. 영화 '하류인생'을 보며 비로소 아버지의 청년시절이 생생하게 되살아 났기 때문이다. 그때의 그 길과 그때의 그 하늘과 그때의 그 공기를 비로소 느꼈기

구도하는 수백의 시선

때문이다. '하류인생'의 감독 임권택. 그를 만났을 때, 나의 아버지와 꼭 닮은 짧고 흰 머리칼이 맨 먼저 눈에 들어온 이유는 훗날 내가, 아니 지금의 청년들이 늙어 머리칼이 세는 것과는 다른 '시대'가 그 안에 스며 있었기 때문 아닐까.

스타다방도, 태극다방도 이제는 없어진 충무로지만 여전히 그는 그곳에 있었다. 둥근 탁자에 두손을 모아 턱을 고이고 말없이 홀로 앉아있는 그의 모습은 멀리서 봐도 아름다웠다. 내가 다가서자 그가 턱에 고였던 두손을 풀며 환히 웃는다. 진짜 아버지 같다!

"너무 재밌게 봤어요. 그 시대를 겪지 못한 저로서는 너무나 신선한 경험이었어요. 감사할 정도로요."

"허허허. 그랬다면 다행이지요. 안 그래도 젊은 사람들이 어떻게 이해할지, 그게 참 걱정이었는데……."

"그냥, 막연하게만 알고 있었거든요. 4·19, 5·16, 유신, 독재……. 사실 그 시대를 다룬 영화들이 없던 게 아닌데 뭐랄까, '하류인생'은 역사 공부가 아니라, 그 시대를 호흡하는 느낌이었어요."

"그렇죠. 이 영화는 '사건'에 중심을 둔 영화가 아니니까요. 암울하고 치열했다는 시대 감각도 중요하지만 그보다는 그런 시대를 살면서 '나는 물들지 않을 거다' 생각하는 평범한 사람들이 자기도 모르게 어떻게 오염되어 가는가를 그리고 싶었어요. 그건 지금 사는 이 시대와 다르지 않다는 거지요. 그러한 '느낌'은 그저 그 시대의 삶의 편편

을 사실 그대로 보여주는 것만으로도 충분히 전달될 수 있는 거거든
요. 굳이 '사건'을 영화적으로 부각시키지 않아도 말이지요. 실제로
그 안에 픽션은 단 한 군데도 없어요."

"그런 것 같았어요. 처음엔 시대상을 표현하기 위해 '만들어 낸'
재치 있는 에피소드라고 생각하다가 조금씩 '실화'라는 느낌이 오더
라구요. 그것도 여러 사람들의 에피소드를 담아서."

"맞아요. 기본적으로 시나리오가 있긴 하지만 세밀한 내용들은
우리가 직접 겪은 이야기들을 상황에 맞게 선택해서 하나의 이야기로
모은 거예요. 택시기사가 유명한 소설가와 교수를 경찰서에 신고하면
서 일어나는 해프닝이나 이중 삼중의 스케줄로 욕을 먹은 여배우가 난
리를 피우는 장면들도 실제로 다 있었던 얘기들이지요."

"그럼, 술집 여자가 밤에 전화해서 쳐들어온다고 협박(?)하던 장
면 있잖아요. 바람 피운 남편이 한밤중에 걸려온 여자 전화에 화들짝
놀라며 '거래처'인 척 한다든지, 수화기를 귀에 바짝 댄다든지, 겁나
니까 되려 큰소리치고 '오버'하는 행태가 너무 리얼하던데, 실제 경험
담이 아니면 그렇게 디테일할 수 없잖아요. 어느 분 경험이세요?"

"그건요. 음, 어쨌든 난 아니에요. (웃음)"

그가 말하는 '우리'의 주축은 태흥영화사의 이태원 사장과 정일
성 촬영감독, 그리고 영화 전면에 쉴 새 없이 등장하는 '비전문 엑스트
라'들이다. 특히 이야기의 흐름에서 주인공(조승우)이 갑자기 영화

일에 뛰어드는 바람에 당시의 '영화판'을 여과 없이 보여 주는데, 영화 시사회 날, 대부분이 영화관계자였던 관객들은 '비전문 엑스트라' 중에 자신이 아는 사람을 놓치지 않으려고 앵글에서 멀리 서성이는 '지나가는 사람 1, 2, 3'까지도 열심히 눈여겨 보는가 하면, 그야말로 살아 숨쉬는 '영화판 언어'가 튀어나왔을 때는 저마다 박장대소를 하며 후련해 하기도 했다.

"그간의 감독님 영화는 주로 우리만의 정서를 면밀하게, 그리고 묵직하게 그려 내는 특유의 향기가 있었잖아요. 그런데 이 영화는 달랐어요. 잘라 내기 아까울 정도의 숨가쁜 편집이라든가, 주인공의 캐릭터라든가, 심금을 울리는 여운 없이 뚝 끝내 버리는 마지막 장면이라든가. 감독님의 영화 인생에 어떤 변화가 있는 것은 아닌가 궁금해요."

"변화는 늘 꿈꾸지요. 매번 새로운 것을 해야 한다고 생각해요. 그것이 소재이든, 전달하는 방법이든. 하나의 영화를 끝내면 이번엔 또 무엇을 해야 하는가, 고민하게 되지요. '하류 인생'은 또 하나의 새로운 소재를 그에 적합하게 그려낸 것일 뿐입니다. 영화 스타일이 스피디하고 재미있는 부분들이 많아서 어쩌면 젊은 사람들도 공감하지 않을까 하는 기대도 가지고 있지요. 그 시대를 다시 보는 것보다 중요한 건 그 시대를 통해서 지금 이 시대를 투영해야 하는 것이거든요."

1961년 '두만강아 잘 있거라'로 감독에 데뷔해, 아흔아홉 번째의 영화를 만들어 낸 지금에 이르기까지 43년에 달하는 그의 영화 인생은 어쩌면 영화보다 더 영화일는지 모른다.

초기 10년간 50편의 영화를 만들어 낼 정도로 열정적인 그는 그 50편에 대하여 스스로 '저급하다'고 표현한다. 1981년 '만다라'로 베를린영화제 본선에 오르면서 이어 '길소뜸', '씨받이', '아다다', '서편제', '춘향뎐', '취화선'에 이르기까지 우리 영화를, 아니 우리 정서를 세계에 알리고 그 미학적 우수성을 당당히 인정받은 그. 둥근 탁자에 두 손을 턱에 고이고 홀연히 앉아 있는 그의 실루엣처럼 그는 우리 영화 시장이 시대를 달리하며 술렁이더라도 자신의 길만을 걸어온 우리 영화 역사의 산 증인이고 장인이다. 스스로의 역사를 그는 어떻게 생각하고 있을까.

"저는 그저 살아온 거지요. 살기 위해 영화를 만들었고 영화를 만들기 위해 살아온 거지요. 처음엔 내가 무엇을 하고 있는지, 무엇을 해야 하는지, 생각할 틈도 없었지요. 영화를 만들기 위해 또 영화를 만들었을 뿐이니까요. 그래서 50편에 이르는 초기 작품은 사실은 별로 생각하고 싶지 않아요. 그야말로 '하류인생'이니까요. 하지만 그렇다고 해도 그것이 완전히 무의미한 것은 아니에요. '하류인생'일지라도 그 내면에 흐르는 '자존심'을 잃지 않았다는 것, 그것이 나를 끊임없이 변화시켜 주었고 어느 순간부턴가는 내가 가고 싶은 길을 가게 해준 거지요. 그래서 지금은 가고자 하는 길 위에서 그저 가고 있는 거지요.”

순간순간의 선택이 인생의 길을 만들어 주기도 하지만 애초부터 선택했던 길은 그 안에서 모든 것을 선택하게 만든다. 그리고 어느 순간이 되면 더 이상 선택을 하지 않게 된다. 그냥 그 길을 가면 되는 거니까. 그렇게 한참을 가다 보면 가끔 내가 선택한 길이 쓸쓸해질 때가 있다. 때로는 홀로 걸어야 하기 때문이다.

“근간에 ‘관객 1000만 시대’가 열렸지만 지금처럼 영화배급 환경이 좋은 시절이 아니었던 상황을 고려하면 감독님은 관객 1000만에 상응하는 호황을 이미 누려 보셨을 것 같아요. 그리고 반대로 참 쓸쓸했던 기억도 있으실 거구요. 아흔아홉 편이 다 내 마음 같지는 않았을 텐데, 때론 힘들지 않으셨나요?

“저는 영화가 일단 스크린에 걸리면 내 영화는 다시 안 봐요. 관객의 반응이 어떠냐보다 더 힘든 것이 내가 내 영화를 보는 것이에요. 화가 치밀어서 도저히 볼 수가 없어요. 그런데 관객의 반응까지 좋지 않다면 참 괴롭지요. 그럴 때 그나마 위안이 되는 것은 상을 받는 일이에요. 흥행에는 실패했다손 치더라도 작품성에서의 평가가 있다면, 그것도 세계 무대에서 말이지요. 그러면 도와준 사람들에게도 면이 좀 서고…… ‘그래도 내가 아주 못난 일을 한 건 아니었구나’ 하고 스스로도 위로를 받지요.”

“그 가운데 가장 마음에 흡족하신 작품은 어떤 건가요?”

"없어요. 하나도. 하나의 영화를 완성하면 더 이상 뒤를 돌아보지 않아요. 오로지 '앞으로 또 무엇을 할 것인가' 만 생각하지요. 저는 늘 이런 생각을 해요. 내가 한 일에 스스로 만족하면 그것은 죽는 길이다."

예술이란, 예술가 자신의 혼을 담는 일이며 특히 영화라는 장르는 의식적으로든 무의식적으로든 감독의 인생과 가치관이 녹아들 수밖에 없다.

그는 젊은 날, 장남 노릇을 제대로 하지 못해 부모님들에게서 신의를 얻지 못했다고 한다. 그래서 부모님은 집안의 사사로운 것까지도 자신보다는 동생을 더 믿고 의지했다고 한다.

그때 그는 생각했었다. 만약 내가 장남이 아니었다면, 부모님이 그렇게까지 나를 평가절하하진 않았을 텐데. 과연 장남이란 무엇이던가. 끝까지 의문으로 남은 그의 오랜 사색은 결국 영화 속에 투영되었다. 그 작품이 바로 '씨받이' 이다. 그가 만든 아흔아홉 편의 영화들 가운데 그의 삶을, 그리고 임권택이라는 사람이 가장 많이 녹아든 작품은 어떤 것일까.

" '하류인생' 같은 경우는 저의 살아온 과정이 편린처럼 박혀 있는 작품이지요. 하지만 '나' 라는 사람을 가장 많이 투영한 것은 '취화선' 입니다. 사실은 '취화선' 을 통해 나를 드러내려고 한 건 아니었는데, 그렇게 될 수밖에 없었어요. 화가의 인생을 담자면 담을 수 있는 역사적 인물이 얼마나 많겠어요. 그런데 저는 잘 알려져 있지 않은 '장승업'의 삶을 다루었어요. 현시대에 얼마나 높은 평가를 받는 사람이냐보다는 '얼마나 깊은 사람이었나'가 저한테는 더 중요했거든요. 그런데 그에 관한 서술이라고는 책 한 귀퉁이에 적힌 단 몇 줄들 뿐인 거예요. 그 간단한 단서들만으로 그의 '깊이'를 파내려 가기는 힘든 일이죠. 그 과정에서 나와 닮은꼴을 찾아냈고 나를 투영하게 된 겁니다."

뒤늦게 나는 영화 '취화선'을 DVD로 보았다. 그의 말대로 '취화선'의 화가 장승업은 그가 그렇듯이 술을 좋아하고 여자를 동경하며 예술가로서 부단히 스스로를 담금질하는 '참 닮은 사람'이었다. 부록처럼 한 마디를 더 곁들이자면, 정말 '부록'으로 실린 다큐멘터리를 보면 스크린 밖의 풍경이 또 하나의 영화처럼 등장하는데, 그 가운데 이런 장면이 있었다.

카메라가 돌기 시작하자 화가 장승업은 술에 취해 붓이 아닌 손가락으로 지두화를 그리고 깜빡 잠이 들었다가 깼다. 그리고는 도무지 기억나지 않는 자신의 '술병 든 원숭이' 그림을 가만히 들여다 보다가 갑자기 달려나와 같이 살던 기녀에게 불같이 화를 내는 장면을 촬영하는 중이었다. 한바탕 당한 '전적이 화려한' 기녀는 집 떠날 차비를 하는 장승업에게 그간에 참고 살았던 온갖 넋두리를 고래고래 퍼붓는다.

"셋집까지 얻어 너랑 산 내가 미친년이지. 그림 팔아 판판히 술 사처먹고, 붕어 그림 하나 달랑 그려 놓고 사방 빈 벽에다가 장롱 하나를 채워 주기를 했어, 끼니 걱정을 해서 쌀 한 바가지를 가지고 온 적이 있어. 그래, 가라 가. 어디 한두 번이냐. 가라, 가!"

일대 소란이 끝나자 카메라는 멈추었다. 그러자 감독이 던지는 한마디.

"휴……. 쫓겨나지 않은 게 다행이지."

그가 아내 채령씨와 결혼을 한 지도 어느덧 30년 고개를 넘었다. 그간에 쫓겨날 뻔한 일이 어디 한두 번이랴. 그러나 의외로 그는 세상 무서운 줄 모르고 살았단다.

"나는 지금도 동사무소에 무서워서 못 가요. 한 번도 안 가 봐서 너무 모르거든요. 집사람이 모든 걸 다 했어요. 팔불출 소리를 듣겠지만 그 사람은 내가 오로지 영화에만 전념할 수 있도록 모든 것을 혼자 해결하며 살아 준 사람이에요. 저는 집에 돈이 있는지 없는지도 모르고 아들놈 둘이 크고 있다는 거야 알지만 어떻게 크는지는 잘 몰랐어요. 집사람은 '없다'는 소리를 한 번도 한 적이 없고 자식들한테 무슨 일이 있어도 절대 내 귀에 들어오지 않게 했거든요. 세월이 한참 지나 차차 알게 된 건데 집사람이 얼마나 돈을 자주 빌리고 갚았는지 신용이 최고더라구요."

"아드님 두 분도 영화 쪽의 공부를 한다고 들었어요. 부인께서도 배우셨잖아요. 부모님 영향이 지대했을 것 같은데 자신과 같은 길을 간다는 것에 대해서 어떤 생각이세요?"

"큰아들은 연출 쪽이고 작은아들은 배우 지망생인데, 속으로는 그 힘든 길을 왜 가려고 하는가 가슴이 막막했지요. 그런데 어쩌겠어요. 그 원인이 저하고 애들 엄마잖아요. 이번에 '하류인생' 촬영할 때 작은놈이 와서 도와주기도 하고 엑스트라로 출연도 하고 그랬어요. '네가 내 아들이지만 나는 너를 객관적으로 본다. 아버지의 영화에서 주연을 할 수는 없다'라고 잘라 말했는데 아들녀석이 그걸 알아 듣더라구요. 걱정도 되고 기특하기도 하고 그렇지요."

"덕분에 모처럼 대화할 시간이 많아지셨겠네요."

"몰랐는데요, 아들들이 글쎄⋯⋯ 아버지가 자기들을 사랑하지 않는다고 생각하고 있었대요. 물론 지금은 그렇지 않다는 것을 알게 되었지만, 제가 얼마나 모르고 살았으면 그랬을까요. 그도 그럴 것이 자기들 눈에, 아버지는 오로지 영화만 만들고 사는 사람이잖아요. 그런데 영화만 만든다고 해도, 아들을 사랑하지 않는 건 아니잖아요. 그렇지 않아요?"

'아버지, 혹시 저를 사랑하지 않으신 건 아닌가요?' 하고 묻는 아들과 '아버지가 어떻게 자식을 사랑하지 않을 수 있나요?' 하고 반문하는 아버지는 서로 그 얼굴이 똑같이 닮아 있을 뿐 아니라 서로의 사랑을 갈구하는 눈빛 또한 꼭 닮아 있을 것이다.

때로 그런 우문은 오랜 세월을 함께 살아온 부부 사이에서도 오간

임권택

다. 새삼스럽게 서로의 사랑을 확인하기 위해서라기보다는 혹시 나를 잊었을까 봐 불안해질 때가 있기 때문이다. 쫓아내고 싶을 만큼 해 주는 것이 하나도 없는 남편에게 '도대체 당신은 나를 사랑하기는 하는 거야?' 하고 물으면 남편은 아내와 꼭 닮은 표정으로 이렇게 말한다.

'사랑을 꼭 말로 해야 아나?'

"영화 '취화선'으로 칸에 가셨을 때 부인과 동반하셨잖아요. 부인의 모습이 너무 젊고 아름다워서 현지 기자들이 '임권택 감독이 묘령의 여인을 동반하고 등장했다'라고 기사를 쓰기도 했는데 상당히 으쓱하셨겠어요."

"그랬지요. 모르는 사람들이 제 아내가 무슨 주연 배우쯤 되나 하고 한참을 살펴보더라구요. 공식석상에 동반하는 일이 별로 없기 때문에 화제가 되었던 것 같아요. 그래서 그때를 기회 삼아 집사람에게 고맙다는 인사를 '앞에 나가서' 했지요."

"두 분이 만났을 당시에 부인께서는 배우로 활동했을 만큼 아름다울 뿐만 아니라 '끼'가 있었던 분인데 결혼 이후에는 전혀 활동을 안 하셨잖아요. 감독님이 원치 않으셨나요?"

"저도 그게 참 이상한데요. 집사람은 품성이 조용하고 얌전한 사람이에요. 예전에 그 일을 어떻게 했을까 신기할 정도로 '배우'라는 이력과는 안 어울리는 사람이에요. 본인도 별로 미련이 없어 보여요."

그가 그녀를 처음 만난 것은 1970년. 그가 스스로 폄하하는 초기

'50편의 시기'에 해당하는 시점이다. 딱히 유망해 보이지도 않고 비슷한 또래도 아니었던, 그리고 그의 표현을 고스란히 옮기자면 과히 '잘 생기지도 않은' 그의 프러포즈를 당시의 예쁘고 앳된 유망한 여배우가 두 번의 재고 없이 승낙했다. 뭔가 베일에 싸인 기분이다.

"저도 그걸 물어 봤어요. 나를 뭘 보고 선택했느냐, 그랬더니요. 자기도 모르겠대요. 자기도 그게 궁금하대요. (웃음)"

나는 삶의 진정한 동반자와의 인연은 보이지 않는 붉은 실로 묶여져 있다고 생각한다. 각자 어디서 무얼 하든, 서로가 어떤 모습이든, 그 붉은 실은 서서히 당겨져서 마침내 만나졌을 때 알 수 없는 힘으로 하나가 된다고 믿고 있다. 아마도 그는 단번에 붉은 실을 잡아당긴 것이 아니었을까?

"지금도 종종 내 아내는 참 예쁘구나, 생각하시나요?"

"또 팔불출 소리를 듣겠지만, 얼굴이 예쁜 거야 가끔 TV에 나오면 깜짝 놀라며 실감을 하지요."

그러나 영화 속에 투영한 아내의 가장 아름다운 모습은 결코 TV에 나오는 모습이 아니었다.

영화 '하류인생'에 담긴 그의 아내의 모습은 '어머니에게는 절대 잘못하면 안 될 것 같은' 깨달음의 순간, 숭고하고 심오하기까지 한 아내의 출산 장면이었다.

"30년이라. 그렇게 오랜…… 거의 반평생을 서로의 동반자로 살다 보면 거의 핏줄 같다는 생각이 들어요. 부부라는 것은 어떤 것이다, 충분히 정의를 내려 주실 만한 인생 선배이신 것 같습니다."

"음…… 제 생각엔요, 결혼을 하고 부부가 된다는 것은 외적인 아름다움보다는 '정신의 맑음'을 알아가는 과정이라고 생각해요. 오랜 세월을 함께 살면서 서로의 정신이 한없이 맑음을 느낄 때 가장 행복하지요."

영화 '취화선'의 마지막 부분에 이런 장면이 있다. 화가 장승업이 도자기에 취화선을 그려 넣고 그 도자기가 구워지는 동안 가마에 활활 타오르는 불꽃을 지켜보며 곁에 있는 도공에게 묻는다.

"자네는 어떤 그릇이 나오길 원하는가."

그러자 도공이 대답한다.

"선생님 같은 화공들은 철사가 안 녹아 그림이 온전히 살아 나오길 기다릴 것이고, 유약 바른 사람들은 유약이 잘 녹아 흘러 내리길 바랄 것이고, 가마 주인은 한두 점 명품이 나오길 소원하겠지만, 어디 그게 도공 마음 대로 되는 건가요. 불이 말하는 거지요."

이제 그는 100번째의 작품을 앞에 두고 있다. 스스로 붙인 순번이 아니었으나 도처에서 '100'이라는 가득찬 술잔을 기대하고 있음은 두말할 나위가 없다. 인터뷰를 하면 할수록 숫자강박증이 생겨날 지경인 그가 도공이라도 곁에 있다면 어찌 묻고 싶지 않을 텐가. 그러나 그는 결코 묻지 않으리라는 생각이 든다. 그는 '화공'도 아니고, '유약 바르는 사람'도 아니고, '가마 주인'도 아니기 때문이다. 그는 그 자체로 불꽃이다. 자신의 혼을 끊임없이 불태우는, 살아있는 불꽃이기 때문이다.

그의 머리칼에 흰 눈이 더욱 쌓여도 그는 뻗은 손을 그대로 둔 채 먼 산을 볼 것이다. 어쩌면 먼 산은, 그가 가는 것이 아니라 오히려 먼 산은, 스스로 다가오는 것일지도 모른다. 희고 또 희어져도 두 손을 뻗어 멈춤 없이 구하는 자에게는.